新典社選書97

# 百人一首を読み直す2

## ――言語遊戯に注目して――

吉海直人著

新典社

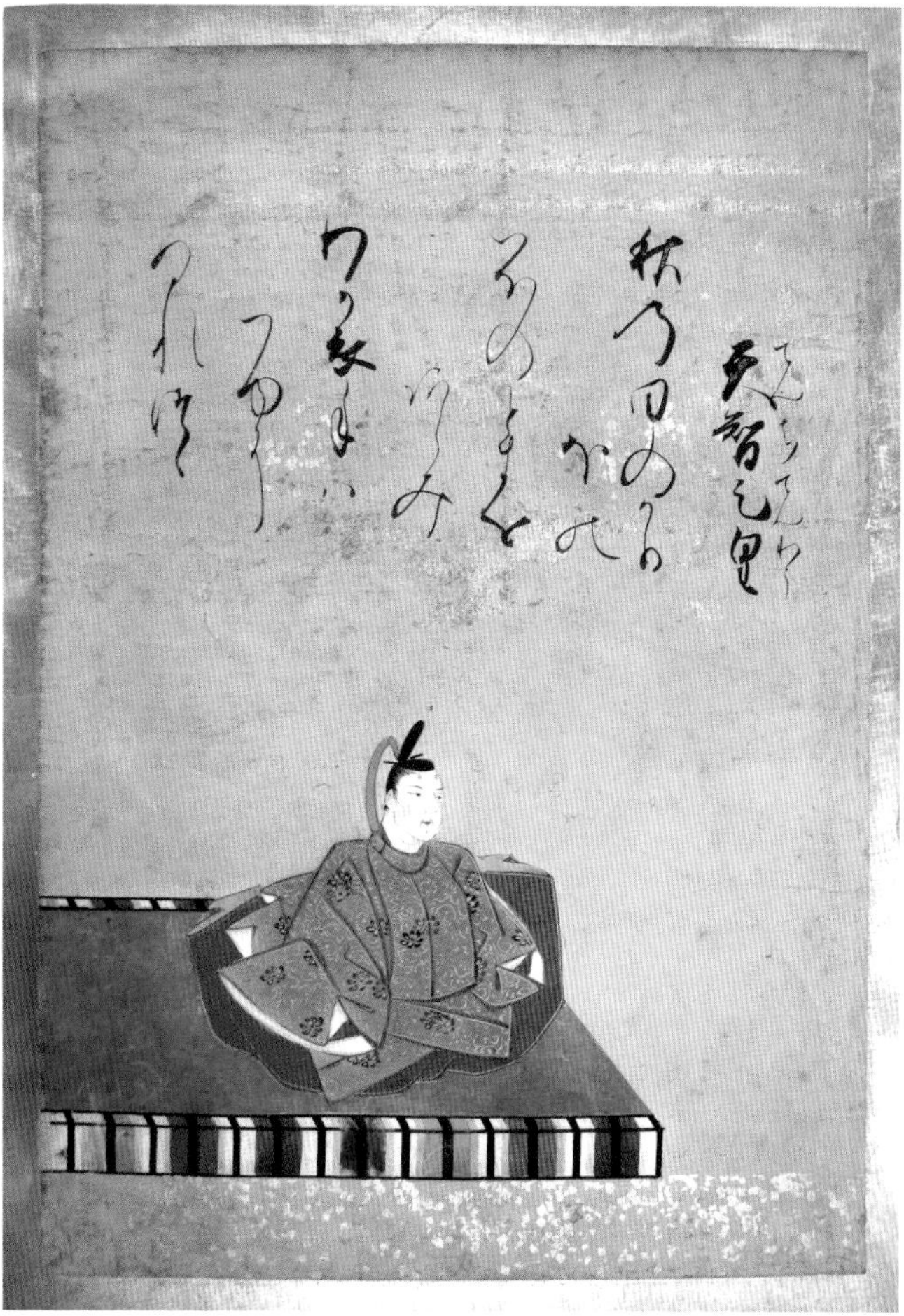

天智天皇の歌仙絵（近世中期）

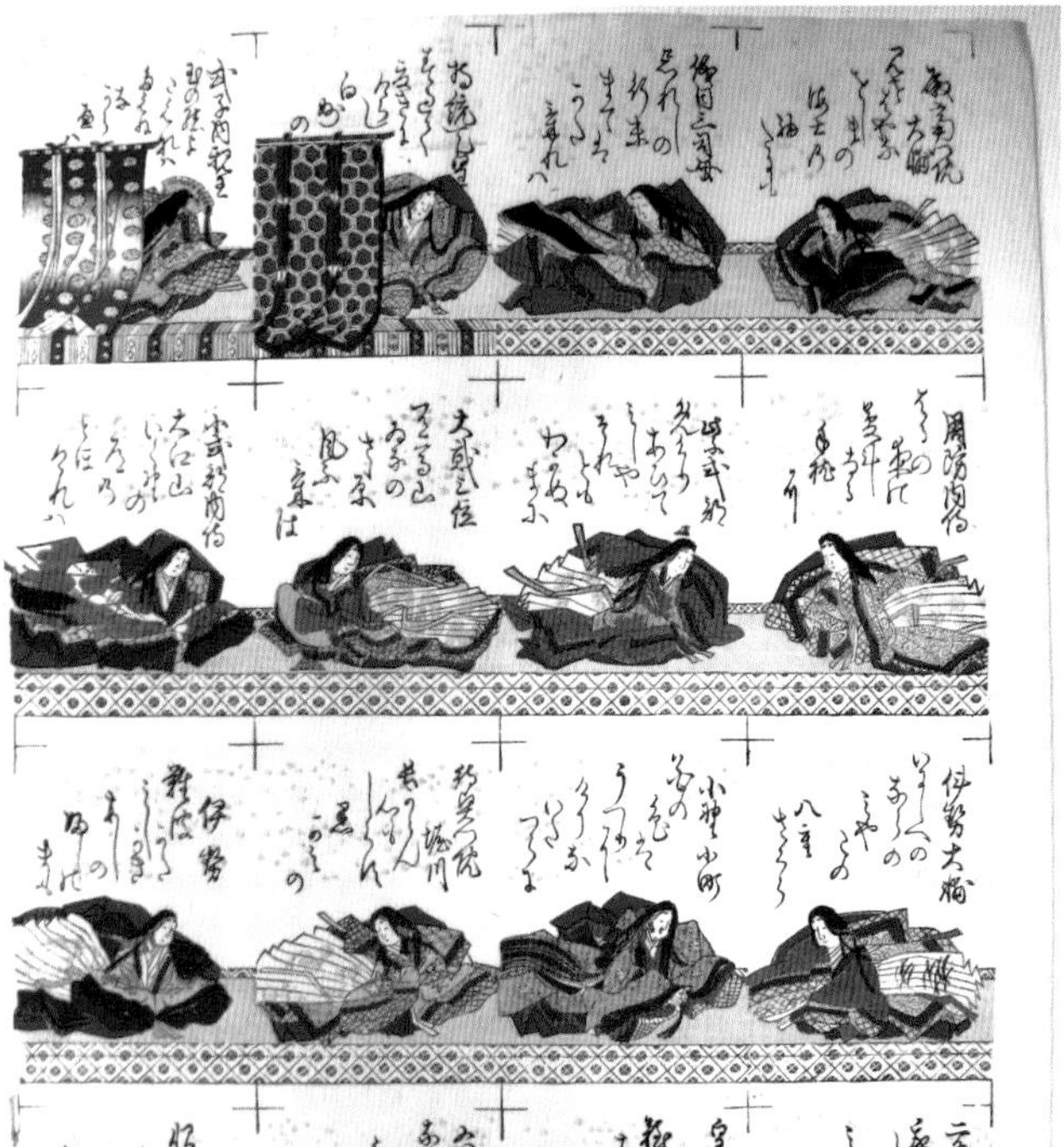

木版歌仙絵百人一首一枚刷（近世後期）

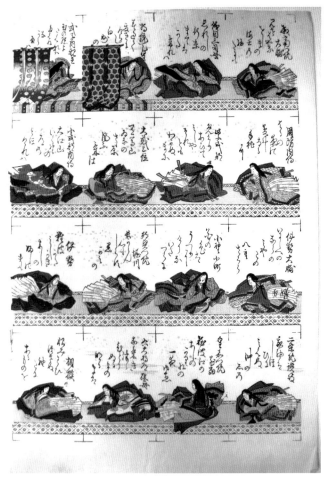

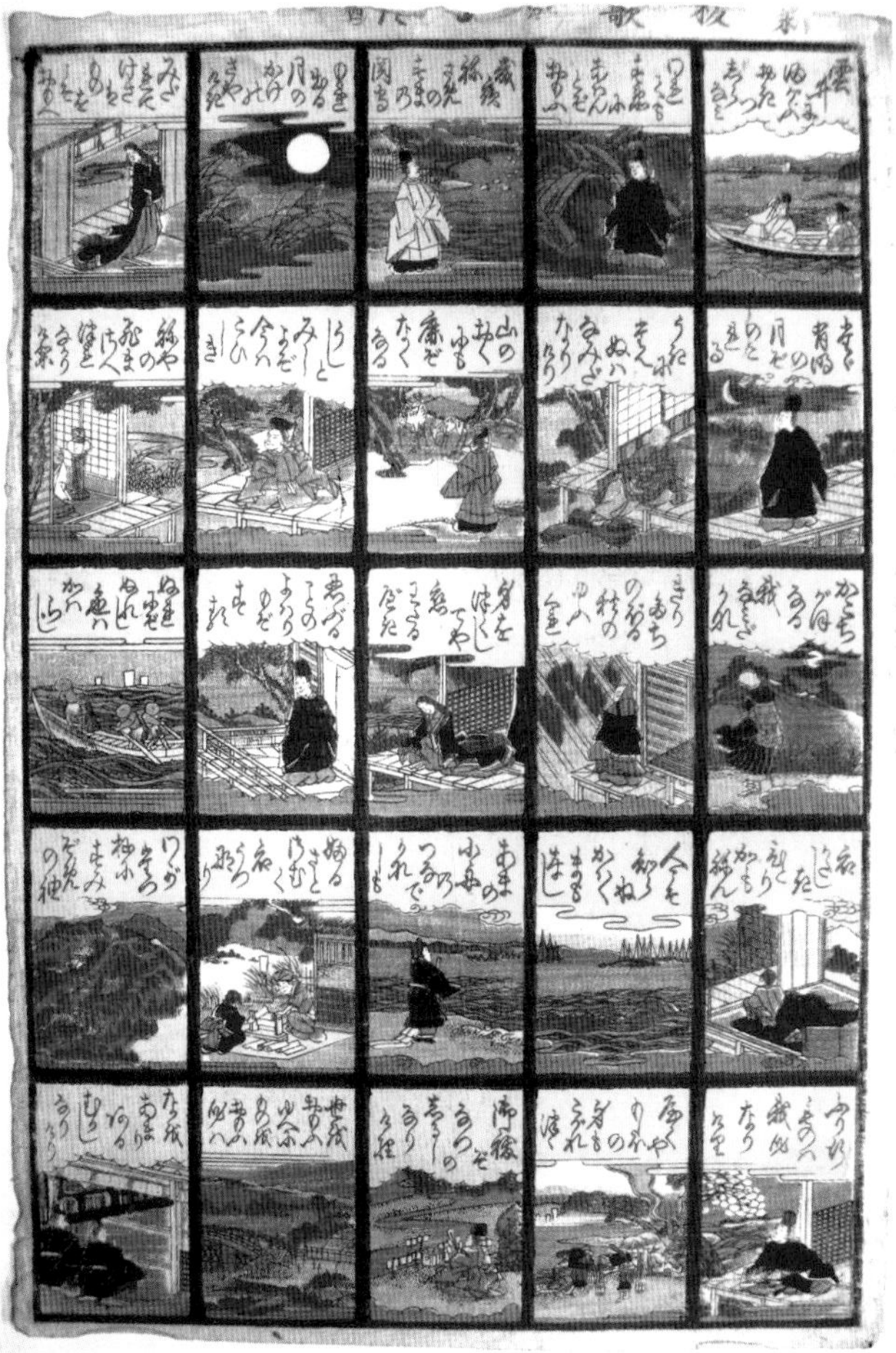

木版下の句歌意図入り百人一首一枚刷（近世後期）

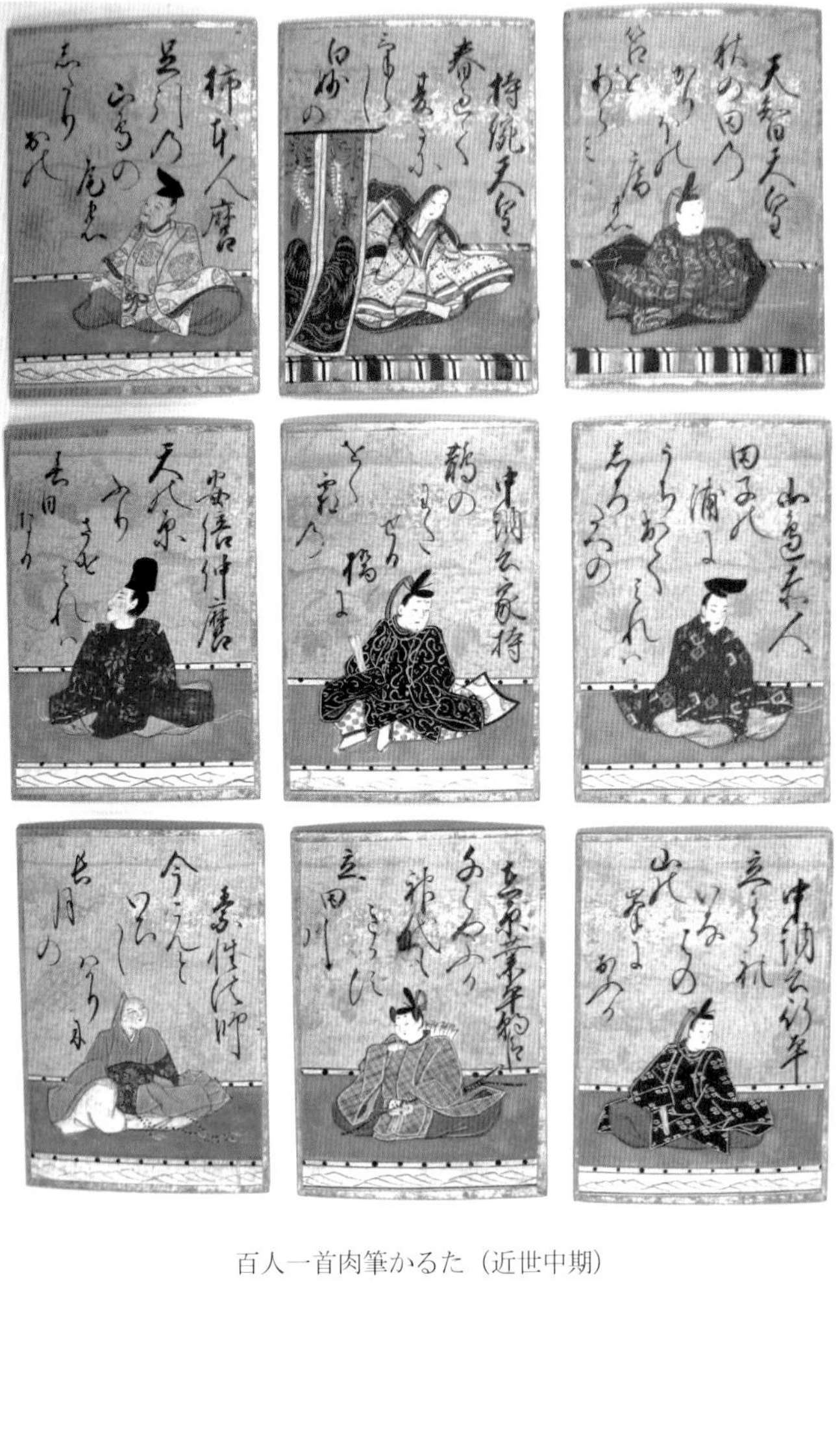

百人一首肉筆かるた（近世中期）

百人一首肉筆かるた（近世中期）

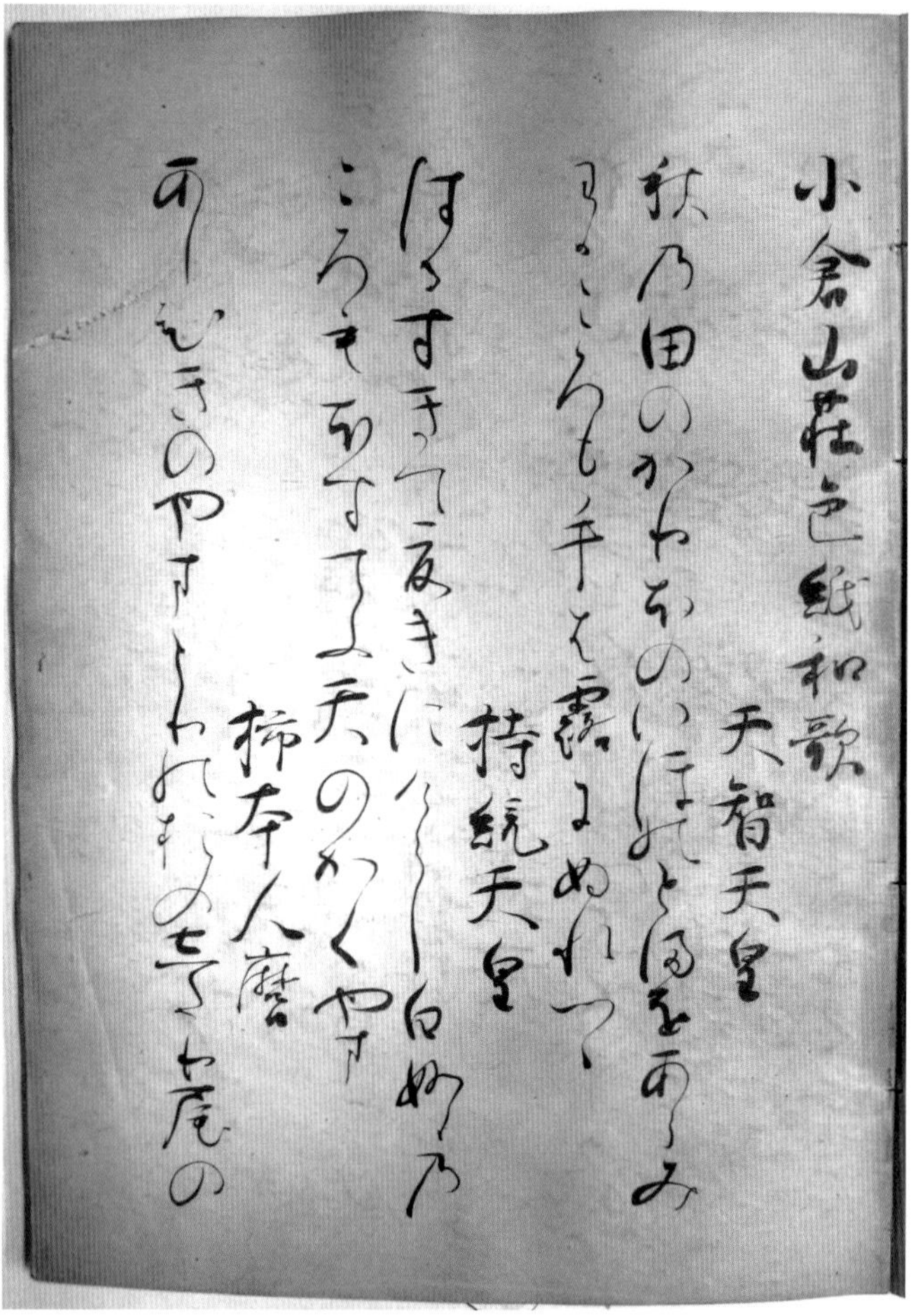

小倉山荘色紙和歌
天智天皇
秋乃田のかりほのいほのとまをあらみ
わかころも手ハ露にぬれつゝ
持統天皇
はるすきて夏きにけらし白妙乃
ころもほすてふ天のかくやま
柿本人麿
あしひきのやまとりのをのしたり尾の

定家様小倉山荘色紙和歌（近世中期）

目　次

# はじめに

長年、百人一首の悉皆研究を行ってきた。言い換えれば、百人一首のことならなんでも研究の対象にしてきたのだが、それでも中心は和歌文学としての百人一首研究であった。特に従来の研究との差異化をはかるために、百人一首に用いられている歌語の特殊性をポイントにして、これまで研究を進めてきた。その成果は、平成二十三年に『百人一首を読み直す―非伝統的表現に注目して―』（新典社選書）として公刊している。

そこでようやく見えてきたのは、秀歌撰として著名な百人一首には、案外非歌語の使用が多いということであった。「非歌語」というのは、歌語としてほとんど使われていない表現、あるいはその表現がその歌で初めて用いられている（初出例）という意味である。常識的に考えると、百人一首は伝統的な表現を有する歌ばかりのように思われるが、実はそれこそが常識の落とし穴だったのである。

例えば撰者定家の「来ぬ人を」歌に使われている「松帆の浦」にしても、それまで『万葉集』でたった一度だけ長歌に詠まれているだけで、二番目が定家の歌であった（勅撰集では初出）。それにもかかわらず、従来の語釈ではそれを安易に「歌枕」と説明して済ませてきた。しかしそれだけではあまりにも表層的だし、それ以上研究は進展しないのではないだろうか。

どうやら定家があえて「松帆の浦」を使ったのは、『万葉集』ではできなかった掛詞の技法が、平安朝に至って可能になったからのようである。「松帆の浦」の「松」が「来ぬ人を待つ」の掛詞として使えるからこそ再活用した（できた）とすれば、従来の歌枕の意識、少なくとも『万葉集』の用法とは大きく異なる新たな用法としてとらえるべきであろう。むしろ百人一首では、言語遊戯的視点を積極的に考えるべきではないかということである。

そこで今回も歌語・非歌語や初出か否かには十分留意して研究している。また常識にとらわれないことにも心を配った。一番の特徴は、百人一首における枕詞・掛詞の特殊性を炙《あぶ》り出したことである。目次を見ていただければおわかりになるだろうが、特に掛詞に注目しての論が多い。そのことが本書の最大の売りといえそうである。それは定家自身、言語遊戯の開拓に心を砕いていたと思われることによる。

それとは別に、一つの歌に複数の問題が内包しているケースも少なくない。そのため、同じ歌で複数の論文を書いたものもある。前著との重なりも生じている。これが百人一首研究の隠れた面白さなのかもしれない。本書を読んで共感していただければ、そして百人一首の研究に従事してくれる若い人が出てきてくれたら、それ以上の悦びはない。たとえ私の論が若い人たちに批判され、否定されたとしても、である。百人一首は魅力的な作品だと信じている。今後活発に研究されることを願ってやまない。

# 第一章　天智天皇「秋の田の」歌（一番）を読み解く

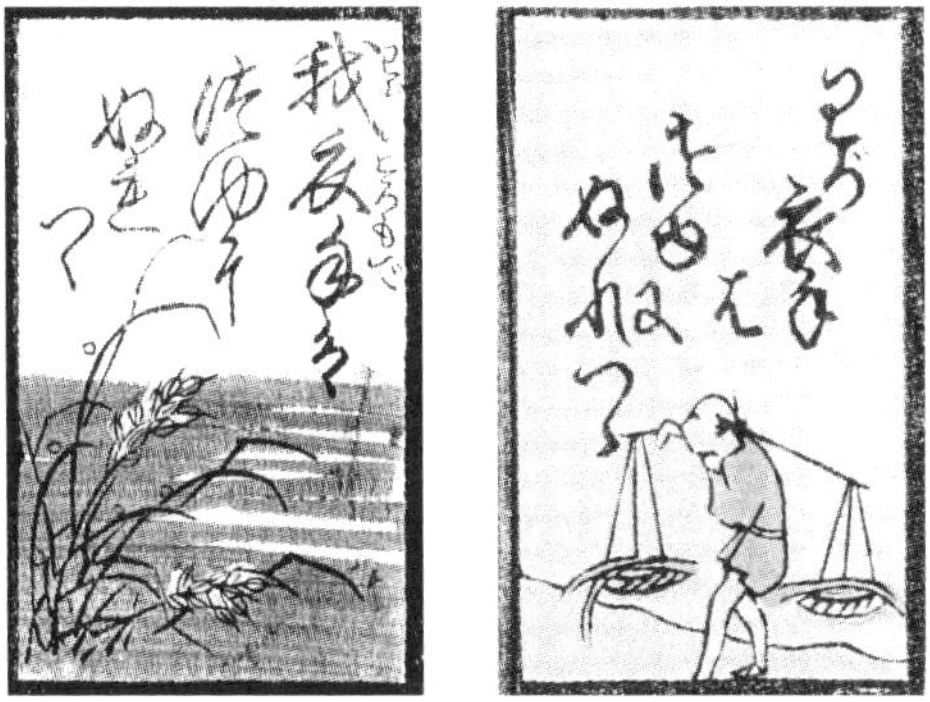

秋の田のかりほの庵のとまを荒み我が衣手は露にぬれつつ

## 一、問題提起

百人一首が天智天皇の、

秋の田のかりほの庵のとまを荒み我が衣手は露にぬれつつ　（一番）

歌から始まっていることは周知の事実である。だがそのことの意味は、これまであまり深くは考えてこられなかった。というのも、歌人としての天智天皇論、秀歌としての「秋の田の」歌論など不可能だと思われていたからである。さらに言えば、天智天皇の存在は、それだけで秀歌撰とされている百人一首の主題と齟齬《そご》することになりかねないものであった。

もちろん天智天皇は、「大化の改新」を成し遂げた古代の英雄である。しかし決して歌人のベスト百に入るような歌人ではない（勅撰集入集歌は四首のみ）。まして「秋の田の」歌は、到底天智天皇の自作とは考えられないものである。これを論文にしようとすれば、マイナス面ばかりを強調せざるをえないことになる。だから誰も手がつけられなかったのだ。しかしいつまでも目をつぶってばかりもいられない。そこで本論では、あらためて百人一首における天智天皇及び「秋の田の」歌の存在意義について考えてみる。

## 二、秀歌撰の一番は人麿

仮に百人一首が秀歌撰として編纂されたのであれば、その一番には柿本人麿（人丸）が置かれるはずである。古代において、『古今集』仮名序で「歌聖」とされた人麿以上の歌人は存在しないからである。そのことは藤原公任撰の『三十六人撰』（「三十六歌仙」の元）でも、後鳥羽院撰の『時代不同歌合』でも、一番に人麿が配置されていることから首肯されるはずである。公任は具平親王と人麿・貫之の優劣を争ったが、結局貫之の敗北を認めざるをえなかった。それ以降今日まで、人麿が秀歌撰における一番（第一人者）にふさわしい歌人とされているのである。

それにもかかわらず、百人一首において人麿は一番という指定席を天智天皇に譲り、三番にまで後退している。ここで改めて考えてみよう。果たして天智天皇は、人麿よりすぐれた歌人なのだろうか。答えはもちろん否《いな》である。まして二番に、やはり歌人として全く評価されていない持統天皇（勅撰集入集歌わずか二首）が配されているのだから、言語道断である。

では定家は、天智天皇を人麿以上の歌人と判断して、百人一首の巻頭に据えたのだろうか。どうもそうではないらしい。そうなると、従来のように盲目的に百人一首を秀歌撰と見てきたこと自体、疑問が生じてくる。そろそろ百人一首という作品の特殊性に目を向け、秀歌撰以外の観点から再検討するべきではないだろうか。それを天智天皇歌研究の出発点としたい。

## 三、平安朝は天智系

前述のように、「秋の田の」歌には天智天皇の自作ではないという問題も存している。その証拠として、『万葉集』にこの歌が見当たらないことがあげられる。かろうじて類似した、

秋田刈る仮盧《かりいほ》を作り我が居れば衣手寒く露ぞ置きにける　（二一七八番）

があるものの、これは作者不詳の伝承歌として掲載されており、およそ天智天皇とは無関係の歌であった。

おそらくこの伝承歌が平安時代に改変（改作）され、『後撰集』（三〇二番）に至って俄かに天智天皇歌として取り入れられたのであろう。どのような根拠・必然性があってそうなったのか、詳細は一切わからない。だから視点を変えて、『後撰集』において、天智天皇歌が俄に要請されたと考えてみてはどうであろうか。

というのも、天皇の血筋（皇統）は、光仁天皇に至って天武系から天智系に移っているからである。そのため天智天皇は、平安時代の天皇の始祖として尊崇の対象となっていた。平安京を開いた桓武天皇（光仁天皇の皇子）は、延暦五年（七八六年）に曽祖父天智天皇追慕（顕彰）のため、滋賀県の崇福寺跡に梵釈《ぼんしゃく》寺を創建（再建）したと伝えられている。

もともと崇福寺（志賀寺）は、天智天皇が六六八年に建立した寺（勅願寺）である。おそらく桓武天皇は、天皇の血筋が天武系から天智系に変わった、という以上に自身の血筋が天智天皇系であることを強く意識していたであろう。それが平安朝における天智天皇の浮上（格上げ）、あるいは歴史認識に大きく関わっているのである。

## 四、「かりほの庵」について

前章の「秋田刈る仮盧《かりいほ》」（万葉集）から「秋の田のかりほの庵」（後撰集）が醸成されたのならば、「かりほの庵」は間違いなく平安朝表現ということになる。さらに「刈り穂」に「仮庵」が掛けられているとすれば（小学館『古語大辞典』参照）、それも『万葉集』では確立していなかった掛詞が用いられた典型的な平安朝語ということになる。

それを踏まえて「かりほ」についてもう少しこだわってみたい。古く『顕註密勘』の顕昭の記述では、「山田もる秋のかりほにおく露は」（古今集三〇六番忠岑）歌の注に、「かりほは、かりのいほ也。〈中略〉かりほとは、刈穂かと申人あれど、其は別事也」とあって、「仮庵」説を主張していた。それに対して定家は、「後撰には、かりほのいほといふは刈穂也」と注している。『顕註密勘』は『古今集』の注であるのに、あえて『後撰集』の歌を出して「刈穂」説を主張しているのである。

「刈穂」だと、収穫した（刈り取った）稲を入れておく庵ということになる。それに対して「仮庵」だと、収穫前の実った稲を動物などから守るための番小屋になる。しかも「仮庵の庵」の場合、「庵」が重複している。そのため、これは語調を整えるための重ね詞だと説明しているのである。

実は「かりほの庵」という表現は非常に珍しいもので、この歌以外に古い用例はほとんど見当たらない。おそらく定家は、これが珍しい言い回しであることを承知していたと思われる。だからこそ、

引き結ぶかりほの庵も秋暮れて嵐に弱き鈴虫の声　（拾遺愚草一三四七番）
伏見山妻問ふ鹿の涙をやかりほの庵の萩の上の露　（拾遺愚草一九四三番）

と自詠二首に「かりほの庵」を引用しているのだろう。定家はこの表現が気に入っていたのかもしれない。それによって同時代の家隆・後鳥羽院・順徳院・為家なども、

・露だにもおけばたまらぬ秋の田のかりほの庵の時雨降るなり　（壬二集一五八四番）
・とまをあらみかりほの庵にもる月のなれても袖にぬるる顔なる　（後鳥羽院御集七八五番）
・小山田のかりほの庵の床とはば我が衣手は秋のしら露　（紫禁和歌集三七九番）
・ことわりに過ぎてぞ濡るる秋の田のかりほの庵の露のやどりは　（為家集一二六四番）

と「かりほの庵」を歌に詠じており、定家周辺で流行した表現だったといえる。

## 五、天智天皇の代表歌

話を天智天皇に戻そう。平安時代になって、天智天皇にふさわしい歌が求められた。自作としては『万葉集』に、

わたつみの豊旗雲に入日さし今夜の月夜さやけかりこそ　（一五番）

歌がある。これもいい歌であるが、平安朝の勅撰集には再録されていない。しかも百人一首では、単なる秀歌よりもむしろ天智天皇の人生にふさわしい歌、あるいは平安朝の始祖にふさわしい歌が要請されたのではないだろうか。それが「秋の田の」歌だったのだ。

この歌は、前述のようにもともと読み人知らずの伝承歌だったと思われる（万葉歌の異伝）。当初は、農民が農作業の辛さを歌ったものだったのであろう。それがひとたび『後撰集』において天智天皇歌とされると、農民の辛苦を思いやる〈聖帝〉の歌として再解釈されることになる。ここで視点が農民から天皇に大きく変わったのだ。それは仁徳天皇の、

高き屋に登りて見れば煙立つ民のかまどはにぎはひにけり　（新古今集七〇七番）

歌と相通じるものである。そういった徳のある天皇が要請されたのだ。

ここまで来ると、百人一首の巻頭二首と巻末二首に親子天皇歌が配されている点にこそ、秀歌撰とは異なる百人一首の意図が認められるのではないだろうか。第一、巻頭・巻末に天皇歌

が配されている秀歌撰などこれまでなかったし、以後にも見当たらない。百人一首がかなり特殊な歌集であることを、これまでの百人一首研究では言及（指摘）してこなかった。むしろ百人一首を秀歌撰のままにしておくことに力を注いでいたのではないだろうか。

## 六、まとめ

百人一首の再検討・再解釈をめざす私は、百人一首がほぼ時代順に並んでいることに注目している。これも秀歌撰にはない特殊な配列といえる。その上で平安時代の始祖天皇から始まって、平安時代の終焉を象徴する天皇で終っている点を重視すると、百人一首は和歌で綴った平安朝歴史絵巻としてとらえられる。別の言い方をすれば、百人一首には貴族文化が栄えた平安時代（天皇制の理想国家）への憧憬が鏤《ちりば》められ（凝縮され）ているともいえる。

そうなると天智天皇にしても、遠い昔の英雄としてではなく、平安朝の歴史を語るに必要不可欠な人物として、あえて一番に撰ばれていると見ることができそうだ。一見、秀歌撰風な百人一首であるが、その見方をちょっと変えてみただけで、撰者定家の平安朝史観と新たな鎌倉幕府（武家政権）への批判が籠められているという百人一首の新たな一面が見えてくる。

なお「大化の改新」という歴史的事件に注目すると、そこに中臣鎌足というもう一人の英雄が浮上する。鎌足こそは藤原氏の嚆矢であり、平安朝における藤原摂関政治の始祖であった。

百人一首にはその藤原姓の歌人が三十五人も撰ばれていることから、定家自身も含めて天皇家と藤原氏謳歌の私撰集ということもできそうである。

その線で持統天皇を考えると、日本の正史である『日本書紀』を藤原不比等とともに編纂していることに思い当たる。不比等は鎌足の次男（天智の子という伝承もある）であるから、これで天智・持統の背後に鎌足・不比等という藤原親子の存在も浮かんできた。

**追記**

こういった読みとは別に、丸谷才一氏など積極的に「秋」に「飽き」を掛けることによって、この歌を閨怨歌として解釈しておられる（文芸読本百人一首）。確かに「衣・露・ぬれ」という用語からは、百人一首の主題の一つたる恋歌としての解釈も可能であろう。さらに「刈り」に「離る」が掛けられているとすれば、通ってこない恋人の姿も浮上してくる。それも百人一首の解釈の広がりを示している。やはり百人一首の研究に、掛詞ははずせない視点といえそうだ。

# 第二章　「白妙の」は枕詞か

## ——持統天皇歌（二番）と山辺赤人歌（四番）の違い——

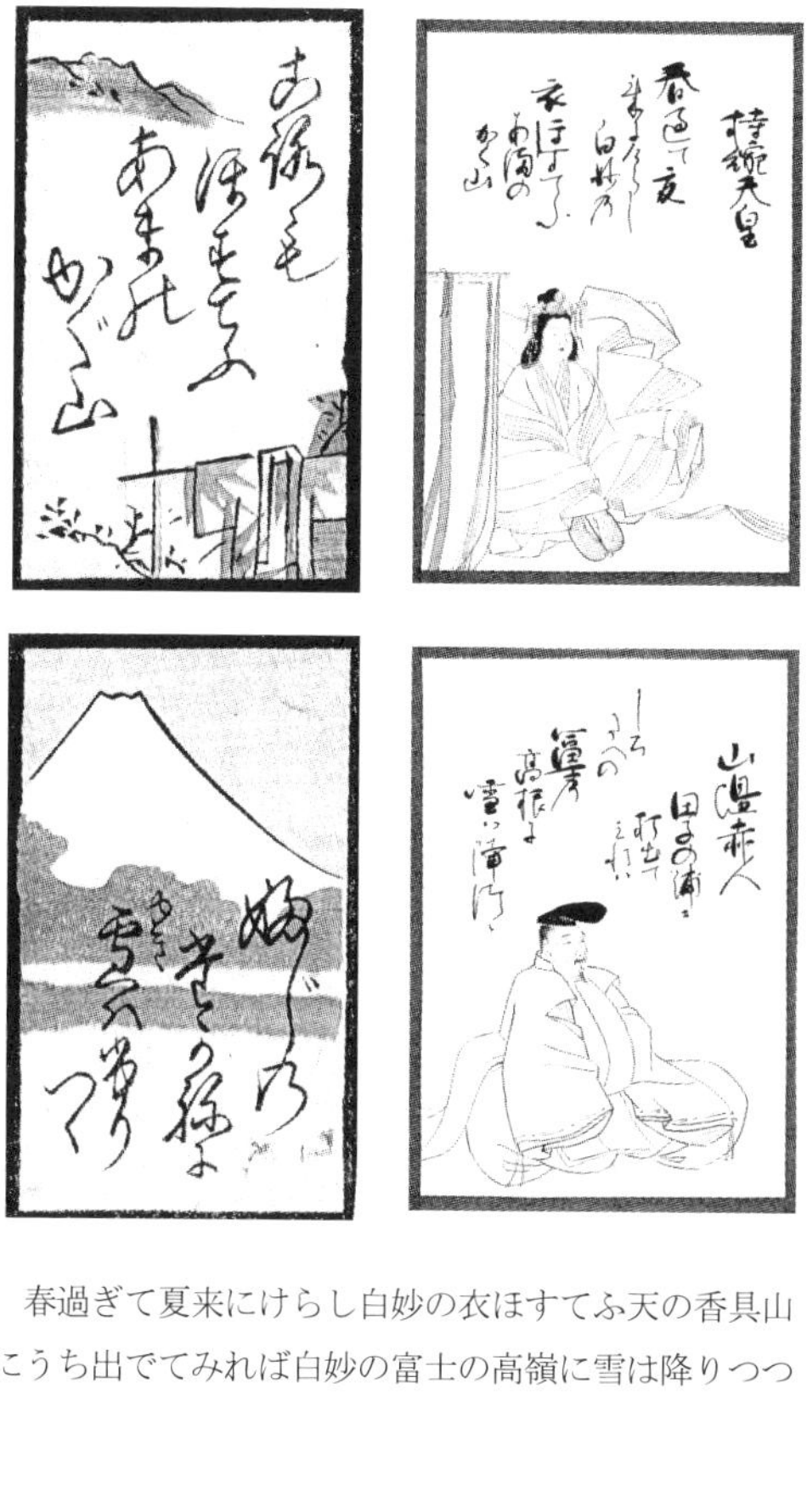

春過ぎて夏来にけらし白妙の衣ほすてふ天の香具山

田子の浦にうち出でてみれば白妙の富士の高嶺に雪は降りつつ

## 一、問題提起

百人一首では「白妙の」という枕詞が近接した歌に用いられている。一つは持統天皇、

春過ぎて夏来にけらし白妙の衣ほすてふ天の香具山　（二番）

歌の「白妙の衣」であり、もう一つは山辺赤人、

田子の浦にうち出でてみれば白妙の富士の高嶺に雪は降りつつ　（四番）

歌の「白妙の富士」である。従来は安易に「衣あるいは富士にかかる枕詞」と注して済ませていたようだが、よく考えると単純に枕詞と認定することには疑問が存する。というのも、枕詞の用法は特定の言葉を導き出すためのものであり、それ自体に意味はないので訳さなくていいとされているからである。

ところが持統天皇歌にしても山辺赤人歌にしても、「白」という色彩を訳出することが多い（必須？）。そのため枕詞とせずに単なる修飾語としている本も少なくない。たとえば島津忠夫氏の『新版百人一首』（角川ソフィア文庫）の脚注では、持統天皇歌について、

「白妙の」は普通、衣・袂（たもと）などにかかる枕詞として用いるが、ここは原義。

と枕詞を否定され、原義つまり単なる修飾語として「真っ白な夏の着物」と現代語訳されている。また山辺赤人歌についても、

富士にかかる枕詞という説があるが、古注は何も触れていない。真淵が『万葉集』に葛（ふぢ）にかける枕詞はあるが、富士（ふじ）ではかな違いだといって反駁を加えているから、すでに枕詞説があったらしいが、とりたてていうほどではない。

とコメントされている。[1]「かな違い」というのは、「ふじ」と「ふぢ」の違いである。これも色彩を加えて「真っ白い富士の高嶺」と現代語訳されている。必ずしもはっきり否定されてはいないものの、島津氏が「白妙の」を枕詞と認めておられないことは明らかであろう。

このように百人一首の「白妙の」については、既に枕詞否定説が提示されていることがわかる。この点についてもっと詳しく考察してみたい。

その前に参考として、小学館『日本国語大辞典』の「しろたえの」項の語誌を紹介したい。

(1)上代において、「栲」は実際に衣料の素材として用いられていた。そのため、「白栲」は『万葉集』では、衣服に関する語の枕詞として多用される。実生活に即した語ではあるが、一方で「白妙」という美的表記も用いられ、歌語としての萌芽が認められる。

(2)時代が下ると、「栲」が生活に用いられることはなくなり、言葉に冠するという用法は継承されるものの、歌語としては元来の用法からかけ離れた例も多く表れ、白色のみが強調され、白の象徴としての枕詞になっていく。

この語誌の説明では、枕詞であることは否定されていないものの、『万葉集』の「白栲」（衣服に掛かる枕詞）から百人一首の「白妙」（色彩に掛かる枕詞）へと用法が変化していることが指摘されている。これはかなり重要な文学的変化ではないだろうか。これを踏まえた上で、早速持統天皇歌を検討してみよう。

## 二、持統天皇歌の場合

持統天皇歌の場合、「白妙の」は「衣」にかかる枕詞の範疇に含まれている。『万葉集』にも枕詞としての用例が少なからず存しているので、枕詞とすることに異論はない。問題があるとすれば、「白栲製の衣」という原料として考える場合ではなく、「真っ白な」という色彩的な解釈をする場合であろう。

これについては『小倉百人一首の言語空間』（世界思想社）において、沼田純子氏が、

「しろたへの」は、「衣」の色や材料を形容した枕詞として「白・栲の」と表記するのがふさわしく、それはおそらく斎衣であろうが、それ故の聖性をよりは、すでに夏来たった山の色濃い緑とのコントラストにおいて捉えられた鮮やかな白さの美しさをまずは読み取るべきであろう。（233頁）

と述べ、さらに続けて、

だが、新古今の歌人らによって表現を改められたとき、それらは個々のひとの審美眼を俟

つまでもない、現実の時空を超えて粛然と〝美〟である山となった。2′（万葉集）では、「白」に比重を置いた、しかも「栲（製）の」という義もよく効いた枕詞「白栲の」として「衣」に掛っていたのが、2（百人一首）では、神妙・霊妙の義の「妙」に比重の移った枕詞として、「(白)妙の（大和には群山あれどとりよろふ万葉集・巻一・二・舒明天皇）天の香具山」という掛かりようのものになっていく。（234頁）

と分析している。沼田氏は、「白栲の」から「白妙の」への改変が、自ずから解釈を変容させていると見ておられるのである。その点は『日本国語大辞典』の語誌と一致していることになるが、「妙」に色彩ではなく霊的なものを読み取っておられることは注目される。

もともと枕詞は、ある言葉を導くために用いられる技法であるから、それ自体の意味はあまり考えられていなかった。現代語訳する際も、訳出しない（できない）ことが多いようである。ところが持統天皇歌に関しては、必ずといっていいほど「白い衣」であることが訳に出されている。そのため色彩を尊重する立場に立つと、むしろ枕詞とせずに修飾語として処理されることになるのである。

要するに枕詞という技法よりも、「白」という色彩が尊重されているわけである。同じような技法を有する序詞には、有心の序と無心の序という使い分けがある。このうちの有心の序であれば、序詞という技法と修飾語であることが両立するので、序詞の内容をきちんと訳にも反映させることができる。

仮に序詞にならって、「有心の枕詞」という技法が認められるなら、枕詞であると同時に修飾語としても訳出することができる。持統天皇歌の「白妙の」に関しては、枕詞と修飾語という二項対立をどうういまく処理するかということが問われている。と同時に、「白栲の」から美的な「白妙の」に変容しており、それが『万葉集』的解釈と百人一首的解釈の大きな違いになっているのではないだろうか。沼田氏など「衣」をとび超えて、「天の香具山」へ掛かると見ておられるが、それも一つの解釈である。

## 三、山辺赤人歌の場合

次に山辺赤人の「田子の浦」歌はどうであろうか。赤人歌では、三句目の「白妙の富士」という表現が問題になる。市販されている古語辞典の説明を見ると、必ずしも「富士にかかる枕詞」とは書かれていない。これについて岩波書店の古語辞典には、

［枕詞］白栲の材料である藤と同音をもつ地名「藤江」に、白楮でつくる木綿《ゆふ》と同音から「夕」にかかる。また、白いところから「雲」「波」「幣」「富士」「羽」などにかかる。

と説明されていた。ただし、「白いところから」「富士」にかかるという説明には賛成しかねる。たとえ真っ白な富士が印象的だとしても、真夏になると雪のない、つまり白くない富士が見ら

れるからである。そうすると冬の白い時には枕詞になって、夏に雪が解けてなくなったら枕詞としては使えない、ということになりかねない。そんな枕詞は他に聞いたことがない。

そこでもう一つの説明として、「藤」と同音だから「富士」にもかかるという説明が浮上する。「藤・葛」の木の皮は衣服の原料（繊維）になるところから、「白栲の」が「藤」にかかり、さらに「藤江」「富士」という地名にかかるというわけである（ただし用例は多くない）。

この説明で引っかかるのは、「富士」は「ふじ」であるが、「藤」は「ふぢ」と仮名遣いが微妙に異なることである。それくらいは「宇治」（うぢ）と「憂し」同様に許容範囲であろうか。これに関して前述のように賀茂真淵は、「葛《ふぢ》にかける枕詞はあるが、富士では仮名違い」といって反駁している（うひまなび）。そこで「富士」ではなく「高嶺」（山）に掛るだの「雪」に掛るだのと説明しているものもある。「雪」なら掛り方として問題ないが、ちょっと間が離れすぎている。そこで万葉仮名を見ると、「布士」（三一七、三二一番）・「布仕」（二六〇七番）となっていた。これなら「布」にかかる枕詞といえそうだ。

赤人歌の場合、そんなに苦労して枕詞にこだわる必要はあるまい。というのも『万葉集』では、

田子の浦ゆうち出でて見れば真白にぞ富士の高嶺に雪は降りける　（三二一番）

とあったからである。原歌の「真白にぞ」が『新古今集』で「白妙の」に改変されているのだ

から、ここも原歌のようにストレートに「真っ白な」と解釈していいのではないだろうか。という以上に、この歌以外に「白妙の富士」と詠まれた古い歌が『新古今集』以前に見つからないのだから、むしろ枕詞としては定着していなかったとすべきだろう。それでも枕詞にこだわるのなら、「白栲の」は「藤と同音の富士にかかる枕詞」と説明するのが適切というか親切であろう。

あるいは持統天皇歌同様にこれを「有心の枕詞」（技法）と見て、枕詞でありながらも白を訳出する、というのはどうだろうか。

## 四、まとめ

ここまできて、「白妙の」を単純に枕詞として済ませることはできそうもないことがわかってきた。仮に枕詞の技法とするにしても、それを現代語訳に反映させるのであれば、「有心の枕詞」とでもすべきであろう。逆に枕詞とせずにそのまま「真っ白」な色彩として訳すこともやぶさかではない。もちろんどちらの解釈も間違いとはいえない。

百人一首の「白妙の」は、『万葉集』における衣服の呪縛から解放され、美的な色彩表現として、『万葉集』との解釈の相違を主張しているとも考えられる。特に赤人歌は、「白妙の富士」という表現の初出であり、「白妙の」の変容の記念碑的存在ともいえる。いつまでも『万葉集』

に拘泥するのは得策ではなさそうだ。

**注**

（1）これに関して石田吉貞氏は『百人一首評解』（有精堂）の語釈において、

「藤」と「富士」とは音がちがい、「富士」にかけた例は無いこと真淵の説の通りである。新古今時代の源有長の歌に「白妙の富士の高嶺に月さえて」（新拾遺集巻五）とあるのを見ると、このころの人は「白妙の」を「富士」の枕詞のように考えたのではないかと思われる。

とコメントされている。これについても島津忠夫氏は、

石田吉貞氏があげられた「白妙の富士の高ねに」（新拾遺集・秋下）の有長の歌にしても、この赤人の歌によったまでである。

と中世期における枕詞成立説を否定され、本歌取りの技法によったためと説明しておられる。百人一首流行の中で、本歌取りの技法が枕詞の拡大解釈に連動しているともいえる。

# 第三章　柿本人丸歌（三番）の「ひとりかも寝ん」の解釈

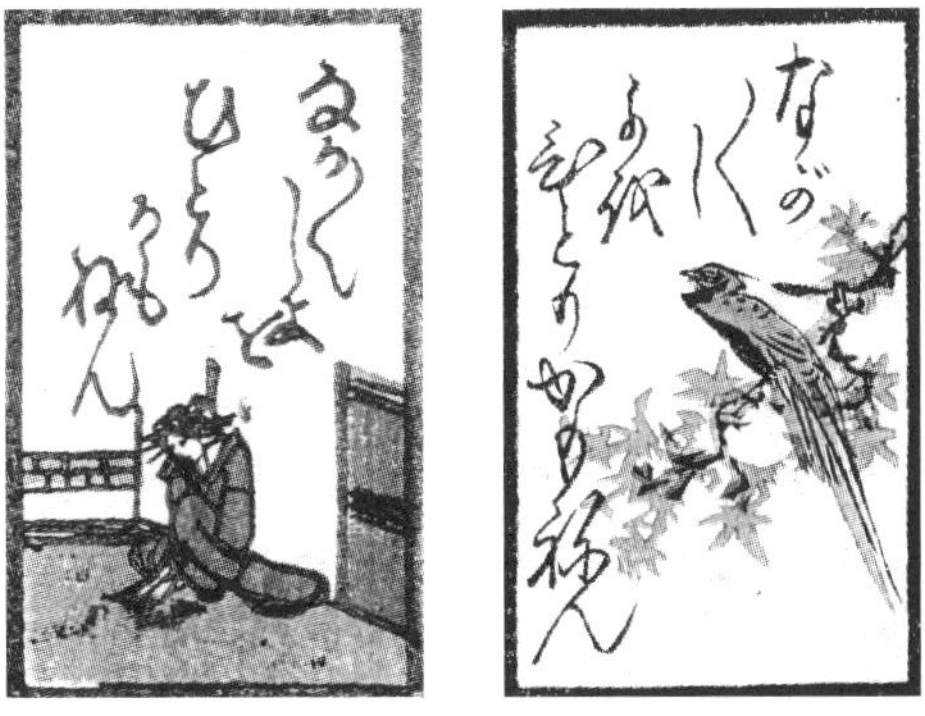

あしびきの山鳥の尾のしだり尾のながながし夜をひとりかも寝ん

## 一、問題提起

柿本人丸[1]の、

あしびきの山鳥の尾のしだり尾のながながし夜をひとりかも寝ん　（三番）

歌について、五句の「ひとりかも寝ん」表現に注目してみたい。そもそも恋の歌において、独り寝をかこつのはある意味常套であろう。ここで問題にしたいのは、それが男の独り寝なのか女の独り寝なのか（主体は誰か）である。これについて市販されている本で調べてみたところ、

Ａ不特定　Ｂ男の独り寝　Ｃ女の独り寝

の三つに分かれていた。これも当然といえば当然の帰結であろう。このうちＡをさらに詳しく見てみると、

①言及なし（「私」で通す）　②言及あり（どちらも可）

に二分できそうである。島津忠夫氏『新版百人一首』（角川文庫）を含めて、多くの本はＡ①の立場（主語は私）になっており、「あしびきの」歌の性別（立場）についてはほとんど意識されていない、あるいは意識的に言及しなかったことがわかる。

## 二、「ひとりかも寝ん」の用例

ここで参考までに「ひとりかも寝ん」の用例について調べておきたい。『万葉集』には作者不詳の、

1あしひきの山鳥の尾のしだり尾のながながし夜をひとりかも寝ん　（二八一三番）

をはじめとして、

2まつち山夕越えゆきていほさきのすみだ河原にひとりかも寝ん　（三〇一番）
3春日山霞たなびき心ぐく照れる月夜にひとりかも寝ん　（七三八番坂上大嬢）
4あわ雪の庭に降りしく寒き夜を手枕まかずひとりかも寝ん　（一六六七番）
5あが恋ふる妹はあはさず玉の浦に衣かたしきひとりかも寝ん　（一六九六番）
6玉くしげ明けまく惜しきあたら夜を衣手かれてひとりかも寝ん　（一六九七番大伴家持）
7明日よりはあが玉床をうち払ひ君と寝ねずてひとりかも寝ん　（二〇五四番）
8衣手に山おろし吹きて寒き夜を君きまさずはひとりかも寝ん　（三二九六番）
9別れにし妹が着せてしなれ衣袖かたしきてひとりかも寝ん　（三六四七番）

など九首に「ひとりかも寝ん」が用いられていた。しかもすべて五句目に限定して用いられているという特徴があった。(2) これは一つのパターンになっているともいえる。

このうちの2（旅寝）・4（手枕）・5（妹）・6・9（妹）の五首は、男の立場で歌われたものと考えられる。それに対して3・7・8の三首は女の立場と見てよさそうである。特に3は坂上大嬢が家持に贈った歌であり、6番は逆に家持が大嬢に贈った歌である。歌番号が離れているので贈答歌ではないものの、二人は互いに共寝できない寂しさを「ひとりかも寝ん」と相手に歌いかけていたのだ。その結果、『万葉集』では男女とも「独り寝」をかこつ歌を詠じていたことがわかった。

このように「ひとりかも寝ん」は、『万葉集』に用例が少なからずあったにもかかわらず、平安時代の用例は非常に少なく、『古今集』『後撰集』には用例が見当たらなかった。『拾遺集』にしても、前掲1の歌が七七八番に人丸歌として再録されているだけである。『新古今集』に至って、

大空をわれもながめて彦星の妻待つ夜さへひとりかも寝ん　（三一三番貫之）

きりぎりす鳴くや霜夜のさむしろに衣かたしきひとりかも寝ん　（五一八番良経）

の二首が収録されているくらいであり、むしろ歌語としては閉塞しているといえる。

なお貫之歌は「彦星の妻待つ」（中国の七夕は織姫がやってくる）とあるので、特殊事情として男（彦星）の立場から詠まれていると見てよさそうである。百人一首にも収録されている良経の歌はどちらでも良さそうであるが、『古今集』の、

さむしろに衣かたしきこよひもやわれを待つらん宇治の橋姫　（六八九番）

を本歌取りしているとすると、男の立場であることになりそうだ。また久保田淳氏は、この歌の背景に良経の妻の死を想定しておられる（『新古今歌人の研究』）。それによって男の独り寝ということが補強されよう。そうなると、平安時代になって女の立場からの歌は消失したことになる。

## 三、「ひとりかも寝ん」の解釈

以上のような資料を踏まえて、あらためて人丸歌における「ひとりかも寝ん」の解釈を見ておきたい。まずA②としては上坂信男氏が、

頼む男の訪れを待ちくたびれる女の嘆きの歌とも、例えば旅先で迎えた夜に妻を思う男の歌とも解せる。（『百人一首・耽美の空間』右文選書）

と述べておられる（消極的な指摘が多い）。それはどちらかに決めるだけの証拠がないからであろう。

Bについては桑田明氏の、

この歌はまず、秋の長夜を妻と離れて独り寝しなければならない自分の境遇から、山鳥の独り寝の説話を思い浮べて、その山鳥の境涯と現在の自分の情況とを類比し二重映しにす

ることによって、深い実感の籠った情趣を醸し出している。

（『義趣討究小倉百人一首釈賞』風間書房）

があげられる。ここは「妻と離れて」とあるので、男の独り寝と見ていることがわかる。平安時代の通い婚が前提になっているのであろう。それとは別に、

古く「（山鳥の雄）のしだり尾のと云べきなりと古人申しける」（和歌童蒙抄）と指摘するように、「山鳥の雄」と解する説が、『奥義抄』にあり、『茂睡雑談』によると、冷泉家にこの説が伝授されていた、という。[3]この解釈に立つと「ひとり寝る」主体は、男性となる。

（『小倉百人一首の言語空間』世界思想社）

と、しだり「尾が」長いのは「雄」であることを受けて、「山鳥の尾」ではなく「山鳥の雄」とする冷泉家の説があることを指摘し、[4]そこから男の独り寝説を展開している。かなり強引に証拠をあげた感がある。

最後にC説については鈴木知太郎氏が、

閨房における美しい女性の微妙にしてすこぶる陰翳のふかい、複雑にして哀艶をきわめた心情をよみとることができる。〈中略〉したがって、これは人麿の歌としてみるにしても、人麿が女性の立場において詠んだものとして受け取るべきであろう。

（『小倉百人一首』さるびあ出版）

と、人麿が女性の立場になって詠んだものとしておられる。また、

あたかも平安女性の長い黒髪がまつわりついてくるかのような情感の漂うこの長い序詞は、秋の夜長を男に思いこがれつつ独り床に伏している女の心を、綿々と訴えかけているように思えるのである。

（『百人一首１００人の歌人』新人物往来社）

と文学的に鑑賞しているものもある。同様に鈴木日出男氏も、

一説では、この歌を、男の来訪を待ちわびる女の立場で詠んだ歌であると解す。平安時代半ば以降、歌合の題詠などには、少なからず、男の作者が女の立場で詠む恋歌がみられる。そのような視点に立てば、これは、男の来訪を待ち続ける女の心を詠んだ歌ともなる。

（『百人一首』ちくま文庫）

と女の立場説に傾倒しておられる。

こうしてみると、どの説も間違いとはいえそうもない。Ｂ・Ｃ説は立場が違うだけで、逢えないのは男女共通する。最近は時代の流れか、女の立場から鑑賞するものが増加しているようである。(5)

## 四、まとめ

ここであらためて人丸歌を本歌取りしている良経の「きりぎりす」歌と対比させてみると、

五句目の一致によって独り寝の寂しさを共有していることがわかる。仮にこれを『万葉集』の大伴家持と坂上大嬢のような恋人同士の贈答と見立てると、人丸歌は女側の歌、良経歌は男側の歌となり、二首を合わせると「ひとりかも寝む」を共有する男女の独り寝の贈答として鑑賞することもできそうである。ただし本歌取りであるから、良経歌にしても本歌を女の独り寝に詠み替えていると見ることもできる。

良経との対比が無理なら、定家の「来ぬ人を」歌との比較も可能である。『万葉集』に詠まれた「松帆の浦」を定家は掛詞として用いることで、待つ女のじりじりとした心情を表出している。ここで視点を変えて百人一首の配列を考えると、巻頭・巻末に親子天皇を配置しているという特殊事情が浮上する。それに続く人丸・赤人の対として巻末の定家・家隆を考えると、人丸と定家・赤人と家隆という新旧歌人の番（対）になっていることがわかる。[6] もちろん良経と定家の番も可能である。

それが定家の意図的な配列だとすると、人丸と定家は独り寝を題にした番（時代不同歌合）という構図が浮上する。「ひとりかも寝む」に注目しただけで、こういった定家の隠れた意図（?）が浮き彫りになるのである。

平安朝において「ひとりかも寝む」表現は衰退し、わずかな用例も男の立場に限定されているようだが、定家は古い人丸歌をあえて来ない男を待つ女の立場からの歌とすることで、新たな境地を開拓しようとしているのではないだろうか。一夫多妻の通い婚という平安貴族の特殊事情を踏まえると、来ない男を待つしかない女が想起されるからである。

結局のところ、どちらかを正解にするのではなく、複数の解釈が許容されることを確認したにすぎない。

**注**

(1) これはあくまで百人一首の人丸歌であって、『万葉集』では作者不詳(非人麻呂歌)である。しかも「思へども思ひもかねつあしひきの山鳥の尾の長きこの夜を」(二八一二番)の異伝として「或本の歌に曰く」として出ている歌である。

(2) 『歌ことば歌枕大辞典』の「独り寝」項には、「この語の用例は『万葉集』にはない」(平沢竜介氏)とあるが、「泊瀬風かく吹くよひはいつまでか衣かたしくわがひとり寝ん」(二二六五番)を「独り寝」の初出と見てもいいのではないだろうか。

(3) 「尾」と「雄」を掛詞とする説は、実は研究者の幻想(勇み足)であり、用例的に実証されているわけではなかった。確かに『龍吟明訣抄』には童蒙抄が引かれているが、そこでは掛詞としているわけではなく、「山鳥の雄のしだり尾」と解釈すべきだと主張しているだけである。なお定家仮名遣いに依れば、「雄(を)」と「尾(お)」は使い分けられているが、この程度は掛詞としては許容範囲であろう。

（4）『奥義抄』には「この歌に山鳥のをとあるは尾にあらず、雄なり。をどりのしだりをのという也と申す義も侍り。さもありなん」と書かれており、ここでも掛詞ではなく雄鳥説になっている。

（5）私も『百人一首の新考察』（世界思想社）や『百人一首の新研究』（和泉書院）ではA2説であったが、『百人一首で読み解く平安時代』（角川選書）ではC説に変更している。なお私の説を翻訳論に応用したカーロイ・オルショヤ『『百人一首』「あしびきの」歌の性別と翻訳」解釈63―9、10・平成29年10月も参照していただきたい。

（6）かつて『百人一首への招待』（ちくま新書）の「配列をどう考えるか」において、「3・4番に人丸・赤人が位置しているのは、歌聖として尊重されていたからでしょう。それに対して97・98番に定家・家隆を配しているのは、自分を人丸とあわせることによって、歌人としての地位を誇示しているのではないでしょうか。」（121頁）と述べた。徳原茂実氏も「百人一首の人麿と定家」において、「二歌聖（人麿・赤人）の位置と対照をなす位置、すなわち巻末の御製二首の直前に位置している定家、家隆の組み合わせには、当代を代表する二歌人という意味が秘められているのではないだろうか。我こそは当代の人麿なりという定家の矜持が、そこには込められてはいないであろうか。」（『百人一首の研究』和泉書院）と述べられている。百人一首の配列についても考えてみる必要がありそうだ。

## 追記

『万葉集』には、

庭つ鳥鶏の垂り尾の乱れ尾の長き心も思ほえぬかも　（一四一三番）

という類歌がある。

# 第四章　柿本人丸歌（三番）の「長々し」の特殊性

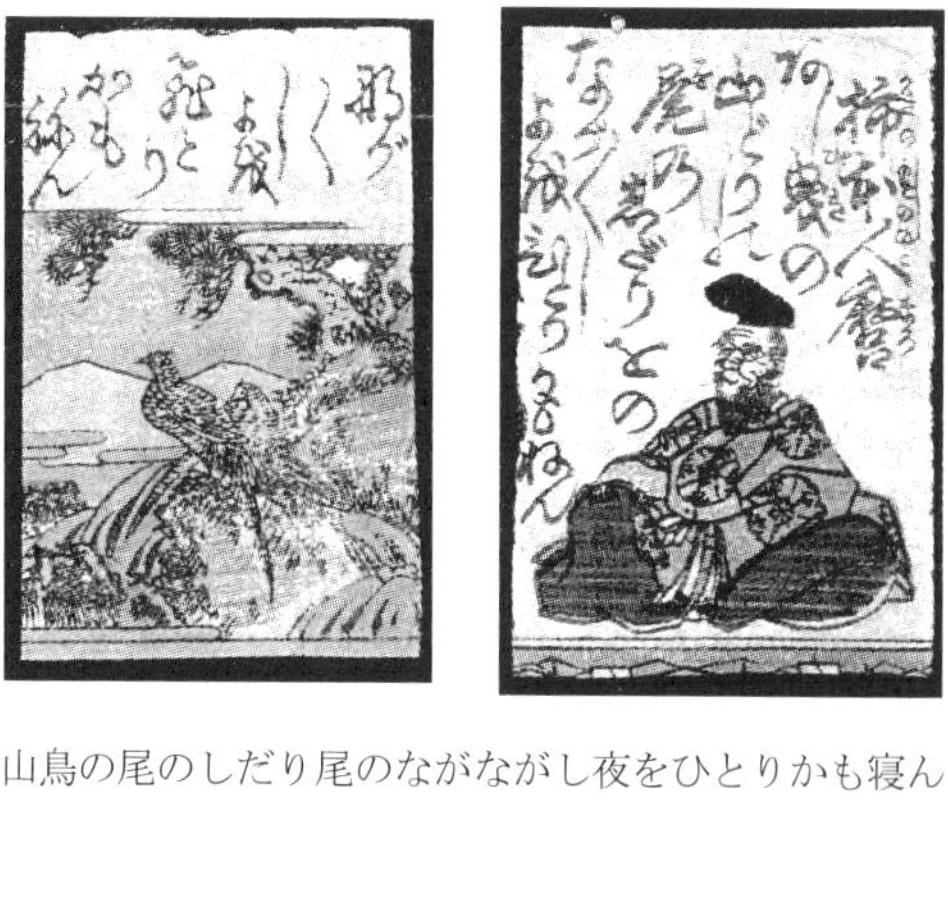

あしびきの山鳥の尾のしだり尾のながながし夜をひとりかも寝ん

## 一、問題提起

柿本人丸の、

あしびきの山鳥の尾のしだり尾のながながし夜をひとりかも寝ん　（三番）

歌には、「長々し」という奇妙な形容詞が用いられている。何が奇妙かというと、単に「長し」という形容詞を二つ重ねただけではないからである。というのも「長し」はク活用の形容詞だが、「長々し」になると辞書ではシク活用の形容詞に変化していると説明されているからである。

これに関しては『時代別国語大辞典上代編』に、

ク活用形容詞の語幹が重なってシク活用化することは例が多い。

と説明されていた。ただし「長々し」の用例が極端に少ないこともあって、シク活用として活用している例が上代には見当たらない。さらに該当歌は、連体形「長々しき」ではなく「長々し」と終止形で「夜」に接続していることもあげられる。

中古以降の用例も非常に少ないものの、『源氏物語』藤裏葉巻に、

かくて、御参りは北の方添ひたまふべきを、常にながながしうはえ添ひさぶらひたまはじ、（新編全集449頁）

とあり、また『順集』の詞書にも「ながながしき夜をつくづくとやは明かさんとおもほして」とあるので、これを見る限りシク活用で間違いなさそうである。ただし二例とも地の文である。地の文では字数を気にしなくてもいいが、和歌では字余りを避けるためにあえて「長々し」とされているのであろう。

## 二、「長々し」の解釈

もともとこの歌は『万葉集』所収の、

思へども思ひもかねつあしひきの山鳥の尾の長きこの夜を　(二八一二番)

歌の異伝（或本歌云）として、

あしひきの山鳥の尾のしだり尾の長永夜をひとりかも寝ん　(二八一三番)

と出ているものであった。(1) 両者を比較すると、「長きこの夜」が「長永夜」に言い換えられていることがわかる。しかも単に「長」を重ねたのではなく、あえて異なる「永」という漢字を用いているのも気になる。(2) この重ね詞は語調を整えるだけでなく、秋の夜長を心的に強調しているのであろう。

普通、「長し」が「夜」に接続する場合は「長き夜」となる。それが「長々し」の場合、「長々き夜」（ク活用）でも「長々しき夜」（シク活用）でもなく「長々し」（連体詞）になっている。(3)

そこで近世の国学者（万葉学者）達は、苦労して「長永夜」の訓読を試みている。

まず荷田春麿は、「長々き夜」とク活用で訓読している。これなど極めて穏当な説であろう。ただしこれだとク活用となるので、シク活用という辞書の説明と齟齬することになる。それに対して鹿持雅澄は、「長」と「永」が使い分けられていることを勘案して、「ながきなが夜」と二語に分けて訓んでいる（香川景樹も同様）。妥当な訓ということで、これが近代まで長く支持されてきた。しかしながら「ながきながき夜」の実例が他に見出せないという問題があった。そのため山田孝雄《よしお》氏が再び「長々し」と訓むべきことを提唱して以来、(4)この歌の訓みは「長々し」に固定されて現代に至っている。これが大まかな訓読の歴史的流れである。

## 三、「長々し」の用例

いずれにしても「長々し」に関しては、必ずしも『万葉集』の訓読が正しいことを示す根拠があるわけではない。ただし平安朝に至って行われた『亭子院歌合』には、

我が心春の山辺にあくがれて長々し日を今日も暮らしつ　（一四番躬恒）

という歌が詠まれている。これについて判者である宇多院の判詞には、

左勝ちぬ。右は長々しといふこといと憎し。口すくめて肩据えたるやうにつぶやけりとて、負けになりぬ。

とあり、右の躬恒歌の「長々し」という語が負けの原因にあげられている。少なくとも『古今集』に「長々し」の用例は認められないので、撰者時代には耳慣れない表現（非歌語）であり、評価されるどころか批判されるものだったと思われる。

その後『後撰集』に、

誰聞けと声高砂にさを鹿の長々し夜をひとり鳴くらん（三七三番友則）

歌が撰入されたことで、秋の夜長をイメージさせる「長々し」が歌語として徐々に確立していった。これも作者が友則である点、撰者時代に詠まれたにもかかわらず評価されず、『後撰集』に至ってようやく浮上したようである。この歌の場合、明らかに人丸歌を踏まえていることがプラスに働いたのかもしれない。そのことは『古今六帖』に、

あだにこそ野辺の花見に我がこしか長々し日を暮らしつるかな（一一二一番）

にはとりのかけのたり尾のしだり尾の長々し夜をひとりかも寝む（一一三五九番）

と二首用例があることでも察せられる（躬恒歌も友則歌も古今六帖に採録されている）。ただし「にはとりの」歌は表現が人丸歌に酷似しており（山鳥が鶏になっただけ）、あるいは『万葉集』の異伝（別バージョン）とも考えられる。

また「あしひきの」歌が『人麿集』に収録されたこと、さらに『拾遺集』に、

あしびきの山鳥の尾のしだり尾の長々し夜をひとりかも寝ん（七七八番人丸）

と人丸歌として撰入されたことで、「長々し」という表現はようやく市民権を得たようである（大歌人人丸歌となればもはや非難されることはあるまい）。それもあって平安中期の歌人達も、

すがのねの長々しといふ秋の夜は月見ぬ人のいふにぞありける　（後拾遺集三三八番長能）

足しげき浦にたゆてふ綱手縄長々し日を暮らす船人　（高遠集三五番）

などと「長々し」を歌に詠んでいる。反対に「長々き夜」や「長き長夜」という訓は、平安朝の歌に一切詠まれていないことも付け加えておきたい。長能歌の「長々しといふ秋の夜」という表現は、もちろん人丸歌を踏まえて詠まれたものである。

もっとも平安時代に「長々し」が市民権を得ているからといって、『万葉集』もそうだったとは断言できない。少なくとも平安時代（躬恒歌）においては、秋の夜長を表わす表現だった「長々し」が、その反対の春の日長に用いられていること（用法の拡大）だけは押さえておきたい。

## 四、「長々し」の流行

どうやら「長々し」は『古今集』撰者時代に試作され、それが契機となって歌語になったようである。とはいえ用例が少ないことは厳然たる事実である。それが新古今時代に至って多少

流行したらしく、良経が、

ひとりかも月は待ちいでて呉竹の長々し夜を秋風ぞ吹く　（秋篠月清集九七五番）

と詠んでいる。良経は先にあげた長能歌が「月見ぬ人」と詠じたのを受けて、「月は待ち出でて」と月の情景を加えている。同じく雅経も、

さてもなほ山鳥の尾のおのづから長々しきを契りともがな　（明日香井集四二五番）

と詠んでおり、さらに実朝も、

み吉野の山の山守花を見て長々し日をあかずもあるかな　（金槐集四八番）

と詠んでいる。その他にも、

ひとり臥す長々し夜の悲しきを語らひ明かすきりぎりすかな　（六百番歌合一〇七〇番）

我が心春の山辺にあくがれて長々し日を今日も暮らしつ　（新古今集八一番紀貫之）

桜咲く遠山鳥のしだり尾の長々し日も飽かぬ色かな　（新古今集九九番後鳥羽院）

すがのねの長々し日もいつの間につもりてやすく春はくるらん　（新拾遺集一九一番）

と詠まれている。『新古今集』所収の貫之歌は、先の『亭子院歌合』では躬恒歌となっていたものである。それはさておき『新古今集』に至ってようやく流行していることがわかる。当然ながら「長々し」は、秋の夜長と春の日長の両方に用いられる歌語となったわけである。

百人一首の撰者定家にしても、人丸歌を本歌取りして、

ひとりぬる山鳥の尾のしだり尾に霜おきまよふ床の月かげ　（新古今集四八七番）
うかりける山鳥の尾のひとりねよ秋ぞちぎりしながき夜にとも　（同一二二五番）
なきぬなりゆふつけ鳥のしだり尾のおのれにも似ぬよはのみじかさ　（同一二一六番）

などと複数の歌を詠じているが、残念ながら「長々し夜」を用いた歌は見あたらなかった。

## 五、まとめ

以上のように、「長々し」は文法的な活用の問題を含めて、案外特殊な語だったことがわかった。そのため『万葉集』ではその訓読が問題になったわけだが、平安朝以降は何事もなかったかのように「長々し」という読みで統一されていた。

それは『万葉集』歌の継承という意識が希薄であったからかもしれない。むしろやや特殊（斬新）な人丸表現（初出）として平安時代に評価され、それが新古今時代に流行したことで、定家も積極的に百人一首に撰入することができたのではないだろうか。人丸の「あしびきの」歌にはこのような背景・変遷が潜んでいたのである。

### 注

（1）「あしびきの」の清濁については、『万葉集』では「あしひきの」（清音）であるが、平安朝以降「あしびきの」と濁って読むようになっているとされているものの、いつから濁音になったのかはよくわかっていない。

（2） ここから「長永夜」は「長き此の夜」の誤写（「永」と「此」の類似）ではないかと見る説も提出されている。

（3） 小学館の『日本国語大辞典（第二版）』には、「補注」として「「ながながし」は「〜しき」という連体形が確立する以前に行われた語幹による連体法」とあり、古い文法として合理的に説明されている。

（4） 山田孝雄氏「百人一首の柿本人丸の歌」万葉17・昭和30年10月

# 第五章　大伴家持「かささぎの」歌（六番）を待恋として読む

かささぎの渡せる橋に置く霜の白きを見れば夜ぞ更けにける

## 一、問題提起

私がずっと非歌語に注目しているのは、それが百人一首の特徴の一つだからであり、研究の視点として有効だと確信しているからである。当然、百人一首の歌には少なからず非歌語が埋もれているわけだが、そのことに気付いている研究者は少ない。

そこで本論では大伴家持の、

かささぎの渡せる橋に置く霜の白きを見れば夜ぞ更けにける（六番）

歌を取り上げて論じてみたい。もちろん「かささぎ」も歌に詠まれることのなかった鳥（非歌語）の代表例である。というのも日本に棲息しておらず、漢詩の引用としてのみ浮上していたからである。そのことに気付けば、たちまち恋歌としての新しい解釈が可能となってくる。

## 二、「かささぎ」の初出は？

さて百人一首には、『万葉集』の大歌人である大伴家持の歌として、「かささぎの」歌が撰入されている。家持は『万葉集』の撰者と考えられている重要人物である。というのも一人で長歌・短歌など合わせて四八〇首（一割強）も撰入されているからである（『万葉集』撰入歌数第一位）。ところが平安朝以降の勅撰集では振るわず、入集歌数は六二首に留まっている（人丸は二四八首）。しかも勅撰集所収歌に『万葉集』の自詠はほとんど含まれておらず、平安時代に読人知らずの伝承歌を集めて編纂された『家持集』を出典としている歌が多い。家集における万葉離れこそは、人麿・赤人・家持等の万葉歌人の特徴でもあった。

そういった非家持歌の一首が、まさにこの「かささぎの」歌である。そのため「かささぎの」歌は万葉研究者から看過（軽視）されてきたが、ここでは頭を切り替えて、『万葉集』の家持と平安時代の家持を同名異人として見てはどうかと考えている。しかも前述のように「かささぎ」は、『万葉集』に一首も詠まれていない鳥であり、ひょっとするとこの家持歌が「かささぎ」の初出例かもしれない。それを踏まえた上で、あらためて問題提起してみたい。

この家持歌には二つの疑問がある。一つは『万葉集』に用例のない「かささぎ」が詠まれている歌を、家持の実作（代表歌）としていいのかということである。もちろん『万葉集』編纂以降に詠まれた歌とすることもできなくはないが、それよりも平安朝に至って編纂された『家持集』所収の伝承歌（非家持歌）と見る方が無難（妥当）なようである。

仮にこれが家持の実作だとすれば、それこそ「かささぎ」を詠んだ最初の歌ということになる。そもそも鵲は、ヨーロッパからロシア・中国・朝鮮・台湾に広く棲息する鳥である。古く新羅からの貢物として日本に輸入されたことはあっても（『日本書紀』推古天皇六年四月条、天武天皇十四年五月条）、かつて日本（特に都）には棲息してはいなかった。(1)

平安初期に至って漢詩文（『懐風藻』初出）の中に登場しているものの、平安朝（京都）の人々が鵲の実物を普通に目にすることはなかったはずである。それにもかかわらず『源氏物語』宇治十帖の中に、

山の方は霞隔てて、寒き洲崎に立てる鵲の姿も、所がらはいとをかしう見ゆるに、（浮舟巻145頁）

とあることから、最新の小学館新編全集でさえ「鵲」のことと勘違いしている。しかしながら、これは日本に棲息しているサギの一種「笠鷺」のことである。「鵲」という漢字を宛てるのは見当違いなので、早急に訂正していただきたい。[2]いずれにしても和歌に詠まれた鵲は写実ではなく心象風景と見たい。

家持以外で鵲を真っ先に詠んだのは、漢詩人である菅原道真の、

彦星の行合を待つかささぎのとわたる橋を我にかささなん（新古今集一七〇〇番）

かもしれない。ただしこれも家持歌と同様に、作者の疑わしい歌（非道真歌）と考えた方が無難であろう。

次に『大和物語』一二五段に、

壬生忠岑、御ともにあり、御階のもとに、松ともしながらひざまづきて、御消息申す。

かささぎの渡せる橋の霜の上を夜半に踏み分けことさらにこそ

となむのたまふ。　　　　　　　　　　　　　　　　（大和物語346頁）

と出ている忠岑歌があげられる。これが本当に忠岑が詠んだ歌だとすれば、「かささぎ」を詠んだ歌の嚆矢となりそうだ。しかしこの歌は『古今集』にも『忠岑集』にも掲載されておらず、安易に忠岑作としていいのかどうか疑わしい。もちろん、たとえ作者が疑わしくても、『大和物語』に掲載されているのだから、これが鵲を詠んだ最も古い歌（文献）である可能性は残る。

あるいは『古今六帖』に人丸歌として出ている、

かささぎの羽に霜降り寒き夜を独りやわが寝ん君待ちかねて　　（二六九八番）

や、読人知らずの伝承歌とおぼしき、

夜や寒き衣や薄きかささぎのゆきあひの橋に霜や置くらん　　（四四八九番）

などは、作者未詳の古い作例といえそうである。いずれにしても「鵲」という歌語には、こういったややこしい成立問題が付きまとっていたのである。

## 三、七夕と霜の取り合わせ

もう一つの疑問は、この歌に「霜」が詠まれている点である。旧暦の七夕の季語は秋である。その七夕の夜に鵲が羽を広げて織女を渡すのであるから、原則としては七夕の日以外に鵲の橋は天の川に架かっていないはずである。それにもかかわらず、霜の降る冬の歌に鵲の橋が詠まれているのは明らかに季節はずれであろう。もちろん天の川は冬でも見られるが、そこに鵲の橋が架かっているというのは、考えてみれば奇妙なことである。

この点は長谷川哲夫氏も注釈の中で、

かささぎの橋は七夕の夜に架かるはずのものであるのに、なぜ冬の夜に詠んでいるのか。

（『百人一首私注』49頁）

と疑問を呈しておられる。(3) こういった季節のずれに気付いておられるのか、平山城児氏は、

空を見上げると、天の河にかささぎが渡した橋といわれるあたりに霜が降りたように白く冴えかかっている。冬の夜もふけたことだ。

（別冊歴史読本『百人一首一〇〇人の歌人』）

と慎重に言葉を選んで現代語訳しておられる。

こういった違和感があるにもかかわらず、従来は「鵲の橋」を天の川の橋（天上説）とするか、それとも宮中の御階（地上説）とするかばかりが議論されてきた。七夕にこだわらなければ宮中説の方が妥当であろうが、もう少し冬の「鵲の橋」ということにこだわってみたい。

そもそも鵲は漢詩に用いられる用語ということで、『古今集』にも用例を見出すことができなかった。『後撰集』に至ってようやく、

鵲の峰飛び越えて鳴きゆけばみやま隠るる月かとぞ見る

（二〇七番）

とあるのが勅撰集における鵲の初出である。ただし『後撰集』では奇妙なことに夏部に入って

おり、秋の七夕伝説が踏まえられていない点、同類には扱えそうもない[4]。
これが「鵲の橋」という表現になると、『拾遺集』で清原元輔が、

天の川扇の風に霧晴れて空澄み渡るかささぎの橋　（一〇八九番）

と詠んでいるのが勅撰集初出ということになる。これは間違いなく七夕を詠んだものである。もちろん天の川と鵲の結び付きは、中国の七夕伝説に由来する。だからこそ「鵲の橋」・「鵲の渡せる橋」・「鵲の行合の橋」・「鵲の寄羽の橋」・「鵲の雲のかけはし」など、鵲と橋との組み合わせで詠まれることが多かったのである。

当然、七夕の夜こそが鵲の活躍する日（出番）であるから、秋を代表する季語になる。それに反して家持歌は、冬の天の川を詠じている。これはたまたま腹と羽の一部が白いという鵲の特徴が注目され、その白を鵲の橋に置いた霜と見立てていることによる。これによって秋から冬へ、鵲の季節の読みかえが行われたのである。ただしそれを単なる冬の叙景歌と見るのはどうであろうか。

## 四、不逢恋・待恋としての解釈

そこであらためて引用した歌を眺めて見ると、道真歌及び元輔歌以外の『大和物語』や『古今六帖』は、最初から鵲と霜の取り合わせになっており、決して詠み振りが変化したのではな

さそうである。

七夕詠であれば、それは牽牛と織女が一年に一度その日だけ逢えるということが主題になるので、逢恋や後朝のイメージで詠まれることが常套であった。ところが冬の天の川となると、既に二人が別れて久しいし、翌年の七夕まで逢えないのだから、歌のテーマが自ずから不逢恋・待恋（閨怨）に変容することになる。

そのことは『好忠集』にある、

鵲の行き合はぬつまの程寒みあかで別れし中ぞ悲しき　（三六三番）

が「行合の橋」を逆手に取って、「行き合はぬ」と否定的に詠んでいることからも察せられよう。また前出の『古今六帖』所収の伝人丸歌、

かささぎの羽に霜降り寒き夜を独りやわが寝ん君待ちかねて　（二六九八番）

でも、来ない恋人（男）を待つ女の独り寝の寂しさとして詠じられており、七夕伝説の受け止め方とは大きく変容・転換していることがわかる。

そういった鵲の主題の変容が、これまでこの歌の解釈にきちんと反映されていたであろうか。どうやら従来の百人一首研究では、その観点が長らく放置・失念されており、そのため冬の天の川であることがほとんど解釈に反映されていなかったようである。(5)

そこであらためて「かささぎの」歌を見直すと、五句目に「夜ぞ更けにける」とあるのが目

に付く。「夜が更ける」というのは、単なる夜の時間の経過ではなく、原則は男女が逢瀬を持つ愛の時間帯を表している。その時間に男が訪れていれば、それこそ逢瀬の時間となる。しかし男の訪れがなければ、それはたちまち来ない男を待ち続ける女の悲しい独り寝の時間に転換することになる。

これに関してかつて堀勝博氏は、「「夜更く」ということは、万葉以来、逢瀬のかなわぬままにいたづらに夜がふけていくという場合に言われることが多い」と分析しておられた。その上でこの歌を「夜更けの空閨の情を象徴するもの」と説いておられる。(6) そうなると一見七夕伝説を詠んでいるようでありながら、実のところ来ない男を待つ女の立場から詠まれた歌として解釈すべきことになる。

さらに田中幹子氏は、「「七夕」の恋人達の束の間の逢瀬の喜びの後には、非情な別れが待っている。来年まで長い独り寝が続くのである」とされ、「独り寝を嘆きながら七夕の逢瀬を思い出しているという設定」ととらえておられる。(7) 普通の恋愛であれば、女は男の訪れを待つだけだが、織女はいくら待っても来年の七夕まで牽牛とは逢えない（来ることができない）ことを承知している。だからこそ織女は、七夕の夜の逢瀬を夜ごと繰り返し想起することになるというわけである。

## 五、まとめ

以上見てきたように、待恋というテーマこそは、家持歌における冬の七夕のイメージではないだろうか。平安朝の歌人達は、鵲の白い羽を霜に見立てることを思いつき、季節を秋から冬にずらすことによって、七夕本来の逢恋を不逢恋に変容させることに成功したのである。(8)

かくして家持歌は、叙景歌から悲恋歌へと再解釈されることになった。(9)それは詠者の意図とはいえないかもしれないが、それこそ百人一首掲載歌としての再解釈としたい。他の歌についても、百人一首としてふさわしい再解釈を考えていくべきである。

### 注

（1）現在、福岡から佐賀にかけて棲息しており、地元では「かちがらす」という名で呼ばれている。詳細は未詳だが、秀吉の朝鮮出兵の折、鍋島藩の兵士が持ち帰ったと言われている。それが定着し、大正十二年には国の天然記念物に指定されている。面白いことに、最近では北海道の苫小牧や室蘭にも、ロシアから持ち込まれた鵲が棲息しているとのことである。

（2）順徳院の『八雲御抄』「鵲」項にも、「かささぎの橋は七月七日二さぎ来て為橋云」とあり、鵲を鷺の一種と見なしていたことが察せられる（「二さぎ」は二羽の鷺か）。それを受けてか島津忠夫氏訳注『百人一首』（角川文庫）の旧版も、「かささぎの」歌の脚注に浮舟巻を例示していたが、新版ではその誤りに気付いて削除されている。

（3） 長谷川氏はもう一つ、「「置く霜の白きを見れば」という言い方が、実際に霜を見て言っているように感じられることである。かささぎの橋は想像上のものであり、実際に見ることができるものではないので不自然である」とも述べておられる。繰り返すことになるが、七夕を過ぎれば天の川に鵲の橋がかかることはない。

（4） 『大江千里集』にも「鵲の峰飛びこえて鳴きゆけばみやまかくるる月かとぞ見る」と出ている。この歌には「鵲飛山月曙」という詞書が付いているので、上官儀の漢詩の翻案と考えられており、七夕伝説とは別趣向ということになる。鵲の鳴き声など誰も聞いたことはあるまい。蔵中スミ氏「「かささぎの橋」―詩語から歌語へ―」帝塚山学院短期大学研究年報23・昭和50年12月参照。

（5） 鵲が雌雄二羽で橋を作るとすれば、既にそこに恋歌の要素が表出していることになる。七夕の夜は牽牛と織女だけでなく、鵲にとっても逢瀬の夜だったのではないだろうか。

（6） 堀勝博氏「「鵲の渡せる橋に置く霜の」―百人一首家持歌の解―」和歌文学研究60・平成2年4月。桑田明著『義趣討究小倉百人一首釈賞』（風間書房）にも、「すなわち、これは彦星と別れて独り寝する織女の身になって詠んだ歌であり」とある。

（7） 田中幹子氏「鵲について―平安詩文を中心に―」札幌大学女子短期大学部紀要27・平成8年3月

（8） 撰者である定家も「かささぎの橋」には関心があったようで、

長き夜に羽を並ぶる契りとて秋待ちえたるかささぎの橋　（二〇〇二番）
天の川渡せる波に風たちてややほど近きかささぎの橋　（二〇二七番）
天の川夜渡る月もこほるらん霜に霜置くかささぎの橋　（員外五一四番）

などと本歌取り歌を複数詠じている。特に三首目は冬の天の川となっているし、一首目は「秋待ちえたる」になっている点に注目したい。

（9）　吉海直人「恋歌としての『百人一首』」『王朝和歌と史的展開』（笠間書院）平成9年12月参照。

# 第六章　阿倍仲麻呂「天の原」歌（七番）の再検討

## ―上野論を起点として―

天の原ふりさけみれば春日なる三笠の山に出でし月かも

## 一、問題提起

阿倍仲麻呂（仲麿）の、

天の原ふりさけみれば春日なる三笠の山に出でし月かも　（七番）

歌に関しては、異常ともいえるほどたくさんの論文が書かれている。私が把握しているだけでも三十七本あった。百人一首で唯一、中国で詠まれた歌なので、論じるべきことが多いのであろう。しかしながらここに至って、もはや新説を提起しにくい段階（閉塞状態）に陥っているようである。その仲麻呂歌について、万葉研究者として著名な上野誠氏が、興味深い視点から論文を発表された。(1)

そもそも仲麻呂は万葉歌人ではなく『古今集』所収歌人であるから、本来ならば万葉研究者の守備範囲ではないはずだが、ちょうど平城京建都千三百年（平成二十二年）ということもあって、万葉研究者の立場から万葉時代に生きていた仲麻呂歌に切り込んできたのであろう（上野氏はオペラ「遣唐使」の原作も書かれている）。それは新しい視点からの切込みとして大変刺激的であった。

本論ではその上野論の検証を含めて、あらためて「天の原」歌を百人一首研究の立場から再検討してみたい。

## 二、上野氏の万葉文化論的解釈

『古今集』に収録されている仲麻呂歌には、詞書と長い左注が付いている。それがこの歌の伝承性を物語っているともいえる。それに対して上野氏はまず方針として、

本稿では、阿倍仲麻呂の伝と、歌とをいったん切り離して、歌の表現の特徴を万葉歌の歌表現と比較して考察し、そのいわんとするところを探りたいと思う。（105頁）

と宣言しておられる。その意図は、仲麻呂歌が奈良（平城京）を詠んだ歌であり、『万葉集』において確立していた類型表現によって造型された歌だからとされている。その上で「春日なる三笠の山」表現四例と、月の出を歌った歌四例をあげ、そこから、

これらは平城京地域から見る月の出であり、そこから生まれた表現の一つに「春日なる三笠の山に出でし月かも」もあったということができよう。（107頁）

と断じておられる。

これが『万葉集』における類例を丹念に提起・分析して得られたものであれば、その解釈に疑問を挟む余地はあるまい。しかしながら「出でし月かも」に関しては、必ずしも類型といえないものであった。というのも「春日なる三笠の山に出でし月かも」という連続表現は『万葉集』に存在しないからである。もちろん上野氏はその点にも十分目配りをされ、

> 「出でし月」は、自らがかつて現実に見た月ということになる。すると、詠歌の地場は、昔に対する今であり、奈良以外の他郷ということになる。（105頁）

と弁じておられる。ここから上野氏の興味は「かも」に移っているが、万葉表現たる「月も出でぬかも」（月を見ていない）ではなく、「出でし月かも」（月を見ている）と回想表現になっていることには、もっと拘ってもいいのではないだろうか。つまり万葉歌に、三笠の山に出ている月を回想する歌は存しないのであるから、表層的な表現の類型という捉え方では済まされないことになる。それにも関わらず上野氏は、

> 本稿では、「昔」奈良で見た月を、「今」他郷で回想して歌った歌ということ以外に何の前提も考慮しないことにする。（106頁）

としておられる。

続いて上野氏は、標高わずか二九三メートルの三笠山（御蓋山）の背後に、標高四九八メートルの春日山があるので、平城京から見ると三笠山は春日山の中に埋没してしまい、月は春日山から昇るように見えてしまう、いいかえれば三笠山から昇るようには見えないという興味深い現実（写実）を提起されている。だからこそ複合された「春日なる三笠の山」表現なのであろう。

その問題を何とか解消するために上野氏は、三笠山の稜線から出た月ととらず、

この表現はむしろ東西を軸として広く仰ぎ見て、ないしは仰ぎ見たことにして歌われた表

現であるとみたい。（109頁）

と主張されているが、これに関してはもはや類型表現からの解釈ではなさそうである。その弱点を補強するためにか、「山を」（コース）と「山に」（位置）の助詞の違いに注目され、「に」の場合は必ずしも三笠山の稜線から出る月であるとは限らないとされている。

その上で上野氏は、

本稿では、当該歌をあたかも、奈良時代の歌のごとくに分析してみたが、そう考えてみると、「春日なる三笠の山の月」とは、平城京を住地とする人々が、東の月の出を想起した時にまず思い浮かべる月であったという程度に考えておけばよいのである。（113頁）

と論じておられる。「あたかも、奈良時代の歌のごとくに」というのは、本来はそうではない（古歌を装った歌である）ことを前提にしているように思えてならない。また月の出を詠んだ歌であるからには、月の位置は稜線からそれ程離れていない方がいいに決まっている。

さらに上野氏は、当該歌が他郷にあって故郷で見た月を思う漢詩の影響下にあるという従来の研究史の成果を踏まえて、

その故郷の月として「春日なる三笠の山の月」が撰ばれたのは、かの地が平城京生活者にとって、京の東を象徴的に表す土地だったからなのである。（113頁）

と結論づけておられる。この発想は、ある意味で従来の研究の盲点をついた指摘かもしれない。

「天の原」歌を万葉時代の歌というか、『万葉集』の歌として解釈できるのであれば、その妥当性はかなり高いと言えそうである。

ただし三笠山の稜線から月の出が見えるのは、平城京を東にはずれた所であるとも述べられている。それにもかかわらず平城京に住む人々の見慣れた風景とするのはためらわれる。(2)上野論においては、実景と論理がやや矛盾してはいないだろうか。

## 三、上野論への疑問

前章では手短かに上野論の概略を辿ってみた。上野氏は『古今集』の詞書や左注を歌から引き剝がし、丸裸の歌だけを分析の対象とされ、そこから結論を導いているとのことである。そのこと自体、私の手掛けている百人一首の再解釈の方法と変わらないので、方法論として間違ってはいないと思う。

ただ上野氏は、「天の原」歌を『万葉集』所収歌と同列に位置付け、万葉研究の立場から再検討されている。前述のようにその視点は斬新であり、感心させられる点も多かったのだが、本来『万葉集』には『古今集』以上に作歌状況を説明する題詞が付いているのであるから、所詮、〈裸の万葉歌〉というのは幻想に過ぎないようにも思える。

ここで上野氏の試みを好意的に受け入れたとしても、その論にまったく不安がないわけではない。そもそも「他郷」の詠というのが国内なのか外国なのか、一切言及されていないからである（言うまでもないことなのかもしれないが）。この歌に中国臭が認められないことから、もともと国内で詠じられた歌とすれば、即座に非仲麻呂歌という結論が浮上する恐れがある。上野氏の仮説は、遣唐留学生仲麻呂という作者の立場までも切り離されているのだろうか。

そもそも『万葉集』を見たこともない（見ることもできない）仲麻呂が、万葉歌的な歌を詠じられるとする根拠は、一体どこに存するのだろうか。仲麻呂にそんな芸当ができるとする仮説は成り立つのだろうか。逆に『万葉集』を利用した後人のさかしらという方がスムーズではないのだろうか。

実はこれに近いことをかつて片桐洋一氏も、

「あまのはらふりさけみれば」という表現パターンや「かも」という終助詞の使用によって推察されるように、仲麿とそれほど違わない時代から伝承されていた歌と見てよいと思う。（139頁）

と解説しておられた(3)。片桐氏は作者についての言及を控えられているが、この発言を見る限り、非仲麻呂歌（伝承歌）と受け取っておられるように読める(4)。

この非仲麻呂歌について、私は長谷川政春氏の御論を承けて、『古今集』撰者である紀貫之の関与ということをかつて主張したことがある。そのことは拙著『百人一首の新研究』（和泉

書院）の中でも、

『土佐日記』承平五年（九三五年）正月二十日条では、初句を大空を意味する「天の原」から大海を意味する「青海原」に大きく改作されているが、平気でそんなことができる貫之こそ、「天の原」歌の真の作者ではないだろうか。（33頁）

と仮説を述べておいた。(5)この大胆な説に関しては、島津忠夫氏『新版百人一首』（角川ソフィア文庫）において片桐説に依拠しつつ、

吉海直人氏にこの歌の作者を貫之に擬する穿った見解もあるが、やはり「仲麿とそれほど違わない時代から伝承されていた歌」（古今集全評釈）と見るのがよい。（223頁）

と一蹴されてしまった。ただしその批判は、島津氏が該当歌の「鑑賞」項において、

いかにも王朝の公達が好んで口ずさんだにふさわしい調べであって、もはや仲麻呂その人の時代、すなわち万葉調も爛熟した天平勝宝のころのおもかげは見いだし得ない。（同26頁）

と述べられていることと矛盾しているように思えてならない。

一体「天の原」歌は、万葉時代の古い歌なのであろうか、それとも古今集時代の新しい歌なのであろうか。いずれにしてもそういった歌を、仲麻呂が詠めるということにしていいのだろうか。少なくとも「ふりさけ見れば」は、この歌以外に八代集に用例が見られない特殊な万葉

表現であることだけは指摘しておきたい。

また「天の原」歌の詠者について、上野氏は「詠者は平城京生活者でなければならない。読者もそうでなければ共感は得られない」と繰り返し述べておられるが、十九歳で遣唐留学生に選ばれた（それまで無位無冠に等しい）仲麻呂が、その条件に適合していたかどうかの検証は一切なされていない（検証しようもない）。果たして仲麻呂は、本当に平城京生活者だったのだろうか。そのことは資料的に否定も肯定もできないのだが、単純に仲麻呂を平城京生活者と決めてかかることには異議を申し立てておきたい。という以上に、この歌は『古今集』所収歌であるから、平安京生活者の目に触れることはあっても、平城京生活者の目に触れることはなかったはずだからである。この点（時代のずれ）についてはどうお考えなのだろうか。

## 四、『古今集』歌としての再検討

次に歌のできばえについて検討してみたい。上野氏はご論の最初に窪田空穂氏の解釈を引用されていた(6)。窪田氏は用例の類似から仲麻呂歌を「単純な方の歌」とされているが、それに対する上野氏のコメント（批判）は見られない。それは引用の意図が、万葉歌として検討することにあるからであろう。しかし単純な歌であれば、それこそ『万葉集』に収録されることなどありえないことになる。だからその評価を甘んじて受けていいはずはあるまい。まして上野氏は、最大の違いとして過去の助動詞「し」に注目されているのだから、その点から窪田氏に反論することも十分可能なはずである。

私としては、たとえ「天の原ふりさけ見れば」・「春日なる三笠の山」が万葉の常套表現であろうとも、その両者が結びついた歌が『万葉集』に一首も見当たらないことをこそ問題にしたい。「天の原」も「ふりさけ見れば」も「三笠の山」に結びつかないのである。それは決して万葉人の作意ではないと思われる。それ以上に仲麻呂歌は、『古今集』では奈良では絶対にありえない海の近くで詠まれていることになっている。その点を踏まえて、もう少し「ふりさけみれば」の解釈に拘ってみたい。

まず『万葉集』に「天の原ふりさけ見れば」表現は七例存する。しかし、海の近くで詠まれた歌は一首も見あたらない。また「ふりさけ見れば」は、原則として空の上方を「仰ぎ見る」行為とされている（神聖なものに対する表現とも考えられる）。もちろん三笠山の月を「ふりさけ見」た例歌は認められない。一般的に見上げるのは上空の月である。たとえ「春日なる三笠の山」の月が詠じられても、山自体は「仰ぎ見る」対象ではなかった。

では、「天の原」歌が『古今集』所収歌であることを重視するとどうなるのであろうか。そもそも『古今集』歌を万葉歌として論じることに、どれほどの意味があるのかわからなかった。私の立場としては、むしろ『万葉集』との差異をこそ論じるべきだと思っている。その視点から見ると、『古今集』の左注に「明州といふ所の海辺」で「月のいとおもしろくさしいでたりける」を見て詠んだとなっている。同様に『土佐日記』でも、「二十日の夜の月出づるまでぞありける。その月は、海よりぞ出でける」と記されている。これによる限り、仲麻呂の見た月は空の上方（中空）ではなく、水平線上（海上）にあることになる。

そうなると「ふりさけ見る」を「仰ぎ見る」と万葉風に解釈（現代語訳）することはできそうもない。万葉歌と古今歌において、明らかな目線の相違が存することになる。それに気付いたからであろう、紀貫之は『土佐日記』において、「天の原」を「青海原」に改変している。これなら水平線上の月として限定解釈できる。

もちろん作者を阿倍仲麻呂としていること、詞書に「唐土にて月を見てよみける」とあることが、この歌の解釈を強く規定（方向付け）しているはずである。本来この歌がどういう成立事情で詠じられたものであろうと、『古今集』では国内の他郷ではありえず、中国で詠まれた歌として解釈することが求められているのだ。まして『古今集』成立の時点で、既に仲麻呂が中国で没したことは知らされていたであろうから、そういったことを踏まえて「羈旅」に配しているのではないだろうか。

一介の遣唐留学生であった仲麻呂のことを思うと、仲麻呂の見た月が日常見慣れた生活風景だったとは到底思えないし、[7]「天の原ふりさけ見れば」という表現も出てこないだろう。帰国に際して想起されるほどの強烈な印象を持っていたとすると、やはり『日本後紀』に記されているように、出発に際して祈念された祭儀（神事）の場で、一回的に見た三笠山の月と考える方が妥当というか印象が強いのではないだろうか（もちろんそれが虚構であってもかまわない）。たとえ万葉歌としては、平城京生活者の視点が重要であろうとも、『古今集』歌としてはむしろ多くの遣唐使達の望郷の思いが込められたものであり、その代表者としての仲麻呂歌と見るべきではないだろうか。(8) この歌は、仲麻呂個人の述懐を超えていると解釈したい。

## 五、まとめ

以上、本論では上野氏の斬新な御論に触発されて、あらためて「天の原」歌を再検討してみた。万葉研究者の立場から論じられるのであれば、百人一首研究の立場から論じることもできるはずだからである。もちろん百人一首研究の立場としては、「天の原」歌を万葉歌と認定することには不賛成なのであるが、その斬新な見方に反応して筆をとった次第である。

特にこの歌の「ふりさけ見れば」表現に注目して、万葉歌との解釈の相違を指摘してみた。その結果、上野論の対極として、『古今集』歌としては紀貫之の創作という私の幻想がますます確固たるものになってきた。貫之にならそんな芸当はたやすくできると思うからである。少なくとも百人一首研究としては、そういった解釈の余地が残されているとしたい。

末尾ながら、知的な刺激を与えていただいた上野氏に感謝申し上げる。

**注**

（1）上野誠氏「春日なる三笠の山に出でし月―平城京の東―」国語と国文学87―11・平成22年11月。また平成25年9月には『遣唐使阿倍仲麻呂の夢』（角川選書）も出版されている。

（2）上野氏は三笠山から月が出ないことについて、北島葭江氏・和田嘉寿氏・桜井満氏の説を紹介されている。その他にも薄田泣菫の書いた「無学なお月様」という作品の中では、奈良公園を歩き回って、三笠山の上に月が出ないことを実証しているので、その部分を抜粋しておく。

野尻氏はその歌（天の原）を繰りかへしながら、じつと空を見てゐると、肝心の珈琲皿のやうなお月様が三笠の山の上に出てゐない事に気がついた。

「をかしいね。三笠の山に出でし月かもといふからには、ちやんと三笠山のてつぺんに出なければならぬ筈ぢやないか。それにあんな方角から出るなんて。」

実際野尻氏の立つてゐる所から見ると、月は飛んでもない方角から出てゐた。三笠山は何か後暗い事でもしたやうに黛ずんだ春日の杜影に円い頭を窄めて引つ込んでゐた。

それから後といふもの、野尻氏は公園をぶらつく度に、方々から頻りと月の出を調べてみたが、無学なお月様は、仲麿の歌なぞに頓着なく、いつも外つ側から珈琲皿のやうな円い顔をによつきりと覗けた。

「やつぱり間違だ。仲麿め、いい加減な茶羅つぽこを言つたのだな。」

野尻氏は自分のやうな眼はしの利く批評家に出会つたら、仲麿もみじめなものだと思つて得意さうに微笑した。そして会ふ人ごとにそれを話した。すると大抵の人は「なる程な。」と言つて感心したやうに首を傾げた。

上野氏はこれをご覧になっているだろうか。

（3）片桐洋一氏『古今和歌集全評釈（中）』（講談社）平成10年2月。伝承歌でもかまわないが、伝承歌風に仕立てることもできるはずである。

（4）長谷川政春氏「阿倍仲麻呂在唐歌の成立―歌語り発生考―」國學院雑誌70―6・昭和44年6月（『物語史の風景』（若草書房）平成9年7月収録）。

（5）さらに李白の「明月不帰」や、『続日本後紀』仲麻呂伝の「掞天之章」が「月」を指しているところから、仲麻呂は月を詠んだ漢詩を作り、それが後に和歌に翻訳された可能性も示唆している。仲麻呂は天平五年の帰国が許されなかった際に、「帰国定何年」という漢詩を作っているのだから、天平勝宝の折も漢詩を作っていたに違いない。『土佐日記』に「別れ惜しみて、かしこの漢詩作りなどしける」と説明しているのも参考になる。

（6）窪田氏も「歌だけ見ると、中麻呂より以後、撰集時代よりも以前に、手腕ある作者によって作られたものではないかと思われる」（『古今和歌集評釈中巻』89頁）と述べておられる。

（7）ただし新編全集『万葉集』九八〇番安倍朝臣の月の歌の頭注には、「安倍氏の住居が三笠山の麓近くにあったかとする説がある」（139頁）とある。

（8） この歌を踏まえて『浜松中納言物語』巻二では、「ふる里のかたみぞかしと天の原ふりさけ月を見しぞかなしき」（大系本251頁）と詠じられている。この歌では故郷の形見として月を見ている。

# 第七章　在原行平「立ち別れ」歌（一六番）の新鮮さ

立別れいなばの山の峰におふるまつとし聞かば今帰り来む

## 一、問題提起

『万葉集』は大伴家持の詠んだ有名な、

新しき年の初めの初春の今日降る雪のいやしけよごと　（四五一六番）

で閉じられている。この歌は天平宝字三年（七五九年）正月一日に、因幡国府で開かれた新年の賀宴で詠まれたものである。

家持はその前年に因幡守に任命されて赴任していたので、これは確かに因幡国で詠まれた歌なのだが、歌に因幡という国名は詠み込まれていない。というより『古事記』神代記に因幡の白兎神話は登場しているものの、『万葉集』の中に因幡国を詠んだ歌は見当たらない。おそらく『万葉集』において、因幡国はわざわざ歌に詠み込むような地名ではなかったのだろう。

そうすると、初めて和歌で因幡国を詠んだのは、下って『古今集』（離別三六五番）にある在原行平の、

立別れいなばの山の峰におふるまつとし聞かば今帰り来む　（一六番）

ではないだろうか。そうでなかったとしても、勅撰集における初出であることは間違いない。そうなると「因幡」と「松」の取り合わせにしても、最初から因幡国の名物と考えるのは早計ということになりそうだ。少なくとも行平歌の時点では、歌枕とはなっていなかったことにな

るからである。

もともと松は日本全国に生えている（道の目印や防風林として人工的に植えられている）一般的な常緑樹である。幸い平安時代に至って、掛詞の技法（言語遊戯）として活かすことができたので、後発的に選ばれたのではないだろうか。要するに行平歌に詠まれたことが契機になって、後世に新たに醸成された歌枕ということである。

試みに勅撰集における古い例を探してみたところ、

うち捨てて君しいなばの露の身は消えぬばかりぞありと頼むな　（後撰集羇旅一三一〇番）

が見つかった。(1) この歌の詞書に「京に侍りける女子を、いかなる事か侍りけん、心うしとてとどめおきて、いなばのくにへまかりければ　むすめ」とあるので、京に残された娘が詠んだ歌ということがわかる。ただしこの歌には「松」も「帰る」も詠み込まれていないことに留意していただきたい。それどころか「ありと頼むな」とあるのだから、露の身のような女の命は今にも消えそうだといっている。

この歌の特徴は、「往なば」と「因幡」の掛詞のみならず、もう一つ「露」を持ってくることで、「稲葉の露」を掛けている点があげられる。要するに「いなば」に関しては三重の掛詞となっていることになる。(2)『万葉集』では掛詞の技法が確立していなかったので、言語遊戯的に因幡国を持ち出すことはなかった。それが『古今集』以降、掛詞の技法に適った地名として注目され、積極的に用いられるようになったのではないだろうか。そこにさらに掛詞「松」が加わることで、より平安朝的な歌になっているといえそうだ。

## 二、枕詞的な「立ち別れ」

それとは別に、初句の「立ち別れ」[3]を調べてみたところ、この表現は既に『万葉集』に詠まれていることがわかった。そのうちの、

武蔵野のをぐきが雉《きぎし》立ち別れ去にし夕より背ろに逢はなふよ　（武蔵国歌三三九二番）

立ち別れ君がいまさば敷島の人は我じく斎《いは》ひて待たむ　（四三〇四番）

などは、「立ち別れ」が「いまさば」「去にし」のように「い」を導いているので、積極的に枕詞的用法と見ることもできそうである。そう考えると、「立ち別れ」と「往なば」の結び付きには、言語遊戯としての必然性があったことがわかる。

ところでこの二首は、去っていく人を見送る側の視点から詠まれたものである。三三九二番は去った夫を恋しがる妻の歌であり、前掲の『後撰集』にも通じるところがある。一方、四三〇三番は詞書に「廿七日林王宅餞之但馬按擦使橘奈良麻呂宴歌三首」とある歌の一首である。左注に「右一首右京小進大伴宿祢黒麻呂」とあることから、但馬按擦使として赴任する橘奈良麻呂の送別の宴において、友人の大伴黒麻呂が詠んだ歌であることがわかる。こちらは行平歌

の成立情況に通じていると言えよう。

大伴黒麻呂は、別れていく橘奈良麻呂に対して、身内のように待っていると詠んでいる。それに対して行平歌は、待っていると聞いたらすぐに帰ってこようと詠じており、両歌は時代を超えた贈答として見立てることも可能かもしれない。

もちろん『万葉集』と違って、行平歌には掛詞が二つも用いられることで、「因幡の山の峰に生ふる松」という自然と、「立ち別れ往ぬ」「待つとし聞かば今帰り来む」という人事が見事に融合しており、いかにも『古今集』的な世界を構築しているといえる。(4)

なお『詞花集』にも「立ち別れ」が、

立ち別れはるかにいきの松なれば恋しかるべき千代のかげかな　（一八三番）
けふよりは天の川霧立ち別れいかなる空にあはむとすらん　（三九九番）

と二首詠まれている。これも「いき（生・行）の松」「いかなる」と「い」を導く枕詞的用法を継承している例にあげておきたい。

## 三、掛詞としての「因幡の松」

こうして平安朝における因幡は、『古今集』行平歌のように「因幡の松」をイメージするか、『後撰集』「稲葉の露」という悲恋を継承するかという掛詞の二者択一が生じた。そういった中

で「因幡の松」は定家の、

忘れなん待つとな告げそなかなかに因幡の山の峰の秋風　（新古今集九六八番）

を代表として、

忘るなよ秋は因幡の山の端にまた来む頃をまつの下風　（秋篠月清集）

旅寝する花の下風立ち別れ因幡の山のまつぞかひなき　（秋篠月清集）

ほととぎす待つとし人や告げやらん因幡の山の峰に鳴くなり　（後鳥羽院御集）

など、『千五百番歌合』・『最勝四天王院和歌』・『建保名所百首』に行平歌を本歌取りした歌として多く詠まれている。ここに至って「因幡」といえば「松」が付き物といえるほど定着（流行）したのである。

その証拠の一つとして、建保五年九月に開催された『右大臣家歌合』において、兵衛内侍が詠んだ、

頼めても明けば因幡の峰の松そなたの風に誰忍べとて

があげられる。この歌の判詞に「因幡の峰此比いたく耳なれたる」とされて負けになっているからである。これによって当時「因幡の峰の松」が陳腐なまでに詠まれていたことが察せられる。

それを受けて『歌ことば歌枕大辞典』の「因幡の山」には、

平安時代よりはむしろ、新古今時代にその用例が豊富である。「松」とともに詠まれ、「因幡」に「往なば」を、「松」に「待つ」を掛けることが多い。（福田智子氏執筆）

と解説されている。

それに対して「稲葉の露」路線はあまり振るわず、わずかに、

吹く風につけても悲し因幡なる稲葉にかかる露の身なれば（相如集）

昨日かも秋の田のもに露置きし因幡の山も松の白雪（建保名所百首）

などと歌われているにすぎない。しかもそれらの歌が勅撰集に採録されることはなかった。なお「昨日かも」歌は定家の詠だが、ここには「松」も読み込まれており、両者を融合させている例といえる（「秋の田」から「稲葉」も連想される）。

## 四、まとめ

以上のように、行平の「立ち別れ」歌は、『古今集』の中でも独創的な歌だった。「因幡」と「松」の取り合わせにしても、それ以前にはまったく詠まれておらず、それが新古今時代に本歌取り歌として大流行したことで、古くから歌枕だったと誤解されているようだが、むしろ行平歌への注目が生み出した新しい歌枕のイメージだったのである。

その流行と相俟って、「立ち別れ」歌は行平の代表作として百人一首に撰入されたわけだが、

今ではその新鮮さがわかりにくくなっているのではないだろうか。

**注**

（1）単に「稲葉」だけなら、「穂にも出でぬ山田を漏ると藤衣稲葉の露に濡れぬ日ぞなき」（古今集三〇七番）もあるが、ここでは「因幡」と関わりのある例に限定している。

（2）三重とは「因幡」「稲葉」「往なば」である。さらにそれぞれが「峰の松」「露」「立ち別れ」と結びついているわけだが、その中で掛詞は「松（待つ）」だけであった。

（3）「立ち別れ」と単なる「別れ」とは音律以外にも違いがありそうだ。『歌ことば歌枕大辞典』の「立ち別る」項には、「離別に際して見送る側、見送られる側から惜別の意を込めて用いるのが基本」（宇津木言行執筆）とある。それを踏まえて接頭語の「立ち」に「出立する」という意味が込められているとすると、「立ち」は掛詞的用法とも考えられる。

（4）藤平春男氏「古今集的表現の屈折」解釈と鑑賞35―2・昭和45年2月

# 第八章　在原業平歌（一七番）の「ちはやぶる」幻想

——清濁をめぐって——

## 一、二つの清濁問題（問題提起）

百人一首に撰ばれている在原業平の、

ちはやぶる神代も聞かず竜田川から紅に水くぐるとは　（一七番）

歌には、二つの清濁問題が同居している。一つは古注と新注で対立している「くぐる」（濁音）か「くくる」（清音）かという問題である。(1) もう一つの清濁問題は、必ずしも論争にはなっていないようだが、競技かるたの読み「ちはやぶる」（濁音）と落語「ちはやふる」（清音）が対立している。ただしこれは枕詞なので、清濁による意味の相違は認められない。また従来は相手が落語ということで、「ちはやぶる」の正当性が揺らぐことはなかった。

ところが近年、末次由紀氏のマンガ「ちはやふる」が大ブレイクし、それがテレビアニメで放映されたり、実写版（広瀬すず主演）の映画が上映されるに及んで、必然的に音声を伴うこととなり、にわかに書名（タイトル）とかるたの読みの違い（清濁問題）が浮上してきた。(2)

もちろん競技かるたをテーマとしたマンガだけに、書名をあえて「ちはやふる」（清音）にしていることに対して、作者の末次由紀氏はツイッターで、

ちはやふるは、そのまま濁らず発音します。日本語的に正しいのは「ちはやぶる」なんでしょうが、千早が子供の頃「ちはやふる」の百人一首を初めて見たときの気持ちです。独

自のものと思ってください。正しくは「ちはやぶる」。でも混乱しちゃいますね。と断り（弁明）の一文を表明している。ただし「ちはやふる」は上の句であるから、ひらがな清音表記の取り札（下の句）とは違う。最近の読み札の漢字のルビはすべて濁音になっているので、これは読み札のことでもなさそうだ。主人公千早が初めて見た百人一首が何だったかはわからないものの、ひらがな（清音）で表記されていたというのであれば、「ふ」をどう読むかとは無関係だったことがわかる(3)。これは視覚と聴覚の違いでもある。

それとは別に、末次氏は「日本語的に正しいのはちはやぶる」・「正しくはちはやぶる」と繰り返しているが、本当に濁音で読むのが正しいのであろうか。そのことはきちんと検証されているのだろうか。そのあたりが不明瞭なので、あらためて「ちはやぶる」の清濁について検証してみることにした次第である。まさかマンガから問題提起されるとは思ってもみなかった。

## 二、辞書の説明の揺れ

早速、権威ある大きな辞書類で調べてみたところ、辞書からして微妙に説明が異なっているところがあった。まず角川書店の「古語大辞典」では、見出しからして「ちはやふ／ぶる」と併記されており、その上で、

「ぶる」は動詞（上二段活用）を作る接尾語「ぶ」の連体形。「いちはやぶ」の連体形とも

考えられる。中古以後「ちはやぶる」と清音化しても用いられ、『日ポ』には「Chiuayafuru」の形で出ている。

と説明されていた。これによれば上代では濁っていたが、中古以降は清音でも用いられていたことになる。さらに室町期の日葡辞書では清音表記（ちわやふる）になっており、濁音から清音へ徐々に移行していることが読み取れる。だからこそ見出しが清濁併記されているのであろう。

これに対して小学館の「日本国語大辞典」では、「ちはやぶる」という濁音表記の見出しで、

動詞「ちはやぶ」の連体形から。中世・近世は「ちはやふる」「ちわやふる」とも。

と記されていた。角川との違いは中古に関するコメントがなく、中世・近世には清音でも発音されていたとある点である。また清濁以外に「ちは」か「ちわ」かという問題も提起されているが、ここでは問題にしない。

では肝心の（空白の）中古についてはどう考えればいいのであろうか。「日本国語大辞典」でコメントされていないのは、上代と同様中古も濁音だということであろうか。そこでもう一冊、同じく小学館の「古語大辞典」を見たところ、やはり「ちはやぶる」という見出しで、

中古以降「ちはやふる」「ちわやふる」とも。

とあり、こちらは角川同様「中古以降」に清音で読まれることもあったと説明されていた。同

じ小学館の辞書でありながら、説明にずれ（タイムラグ）が生じていることがわかる。もちろん百人一首が成立した中世以降に清音化されたとする点は一致しているわけだが、中古の清濁に関しては曖昧としかいいようがない。これは資料がないためであろうか。

そこで視点を変えて『歌ことば歌枕大辞典』（角川書店）を見たところ、なんと、

古くは「ちはやふる」と清音でいった。

と、古語辞典とは異なる奇妙な一文が記されていた。この説明を信じれば、最初清音だったものが『万葉集』で濁音化し、さらに中古以降再び清音化していったことになる。そんな変遷は実際に可能なのだろうか。一体これは何を根拠にしているのであろうか[4]。

こうして辞書類を調べてみたところ、「ちはやぶる」の清濁は案外謎めいていることがわかった。では解決の糸口はどこに求めたらいいのだろうか。

## 三、上代の用例

前章で引用した辞書の説明によると、「ちはやぶる」は「いちはやぶ」から来ていると説明されているものが多かった。そこであらためて『時代別国語大辞典上代編』で「いちはやぶ」を見たところ、祝詞鎮火祭にある「皇御孫《すめみま》の朝廷《みかど》に御心一速比《いちはやび》給はじ」が引用されていた。さらに「考」において、

「比」は甲類ヒを表わす仮名であるが、形容詞語幹に動詞性活用語尾ブがつくときは上二段であることが普通であり、仮名遣いと思われる。

と説明されていた。上代特殊仮名遣いで甲類の「比」は清音のはずだが、それを絶対視せずここは単なる活用の仮名遣いであって、必ずしも清音を表わしているわけではないとしているのである。これはかなり苦しい解説ではないだろうか。というより無理に濁音にしていることにならないだろうか。ひょっとすると前述の『歌ことば歌枕大辞典』で「古くは清音」とあったのは、この祝詞の「比」（清音）を念頭に置いてのことなのかもしれない（今のところそれ以外の根拠は見当たらない）。

いずれにしても「ちはやぶる」は「ちはや＋ぶ」（上二段動詞）という言葉の成り立ちで説明されていることがわかった。もう一つ有力な候補として、「千磐破」という表記も少なからず用いられている。これについては『和歌大辞典』（明治書院）の「ちはやぶる」項で、

「千磐破人を和《やは》せと服従《まつろ》はぬ国を治めと」（万葉集一九九番）は下二段動詞で、凶暴で言いつけに従わない意を表す。

云々と説明されていた。こちらは「ちは（わ）＋やぶる」という語構成であり、しかも活用は下二段（あるいは四段）になるので、上二段の「ちはやぶ」とは別語源とすべきではないだろうか。

この活用の違いは無視できないはずだが、参照した辞書類ではまったく問題にされていなかった。なんとも不思議な話である（区別できない?）。なおこの「千磐破」表記こそは、日葡辞書の「ちわやふる」の元になっているのであろう。

## 四、万葉集の漢字表記

ここであらためて『万葉集』の用例を調べ、その漢字表記に注目してみたい。新編国歌大観（角川書店）で検索したところ、『万葉集』には十六例もの「ちはやぶる」が見つかった。[5] その漢字表記は、

千磐破（七回）・千石破（一回）・千葉破（一回）
千早振（一回）・千羽八振（一回）・千速振（一回）・血速旧（一回）
知波夜夫流（二回）・知波夜布留（一回）

といささか複雑になっている。大まかにはA「破」系とB「振」系に二分できそうであるが、「千磐破」を含めた「破」系が九例と圧倒的に多いことに注目したい。

この清濁に関して、「破」「夫」という漢字は濁音で読むとされている。『万葉集』において「ちはやぶる」と濁音で読んでいるのもそのためであろう。ただし「振」は四段活用であるから、接尾辞「ぶ」（上二段活用）と同一視するのはためらわれる。また一例だけだが「布」は清

音とされているので、わずかだがこの一例の存在は看過できそうもない。

これについて旧全集本四四〇二番歌の頭注に、

原文に「知波夜布留」とあり、ここはフが清音であったと思われる。『古今集』の古写本に、チハヤフルのフが清音であることを示す点があり、『日葡辞書』にもチワヤフルとある。（『万葉集四』408頁）

という興味深い記述が施されていた。旧全集は清音表記を重視して、四四〇二番歌は「ちはやふる」と清音で読むべきことを主張しているわけである。

それが新編全集になると、ややトーンダウンしており、

中古以降ではこのチハヤフルの形のほうが一般的。

という短い記述に改訂されている。もちろん清音で読んでいることに変わりはないのだが、目立たない記述になっていることは否めない。

ただしここに中古以降には清音が一般的と述べられている点には留意したい。もっともこの例が『万葉集』巻二十の防人歌であることを考慮すれば、積極的に例外（方言）とすべきかもしれない。(6) しかしこれは清音化の萌芽でもあるので、たとえ例外であっても、この例が中古以降の清音化へとつながっていると考えることはできそうである。

## 五、新注の主張

以上のように辞書の説明では、中古（中世）以降「ちはやふる」は清音化しているとされていた。その証拠に室町期以降の百人一首古注の世界では、もはや清濁に関するコメントもないまま清音表記になっている。ところが江戸時代の新注に至って、あらためて濁音が主張されているのである。まず契沖の『百人一首改観抄』には、

此中のふもじ昔は濁りていへる証は古事記にも万葉にも夫の字をかけり。又万葉に千劔破とも千磐破ともかりてかけり。これ又濁れる証なり。（和泉書院本95頁）(7)

と書かれている。「昔は」とあるのは、今は清音だからであろう。『古事記』や『万葉集』の例を引用して濁音を主張しているが、何故か「振」や清音の「布」の存在には言及していないし、濁音から清音への推移にも一切言及していない。これでは説明不十分であろう。

続いて賀茂真淵の『うひまなび』を見ると、

此事冠辞考に委しくすれば、ここには略けり。（全集十二巻41頁）

とあって論証が省略されているので、あらためて「冠辞考」に遡って「ちはやぶる」を見たところ、

夫《ブ》は本より濁れり。故に夫の仮字を用ゐ、破と借てかき、辞の意も濁るべき也。

と、やはり濁音説が展開されていた。ただしここでも「振」及び清音表記の「布」には言及さ（全集八巻164頁）れていない。

たとえ『古事記』や『万葉集』が濁音だとしても、それが清音化していくことについては何故言及されないのだろうか。時代が下った『古今集』や百人一首でも、『万葉集』同様に濁って読むと考えて済ませているのだろうか。そこで『古今集』の用例を活字本で調べたところ、すべて濁音になっていた。もちろんこれは校訂者がそう考えたということである。残念ながら、ここに清音を示す声点の存在は反映されていないようである。いずれにしても『古今集』における清濁は、きちんと検証されないまま濁音説が通説となって継承されていることになる。

ところで江戸時代に流布している百人一首の版本類は、契沖や真淵といった少数の国学者による濁音主張とは無縁に、ほぼすべて清音表記になっている。落語の「ちはやふる」が清音なのは、なにも落語の都合なのではなく、江戸時代に流布していた読みそのものが清音だったから、それを継承したまでのことだったのだ。また古注を継承する注釈書の中にも、清音になっているものが少なくない。契沖・真淵の説を継承するものだけが、意識的に濁音にしているわけである。(8)

これを見る限り、江戸時代においては圧倒的に清音が主流であり、特殊かつマイナーな国学の狭い分野でのみ濁音説が叫ばれていたことがわかった。しかもそれはあくまで語源の問題であり、時代的変遷には一切言及されていなかった。このことを忘れてはなるまい。

## 六、明治期の表記

肝心のかるたにしても、既に江戸時代中期には大衆化（版彩色）しており、国学の世界とは無縁に、江戸・明治を通じて清音表記になっていた。ただし手書きのかるたに濁音表記は認められないので、肉筆かるたの実物から清濁を判定することはできない。といっても江戸初期には清音が一般的だったであろうから、肉筆かるたも清音と見て問題なさそうである。

それが文字（和歌）も木版で印刷されるようになると、漢字には便宜的にルビが施されるようになり、合わせて濁音表記も加えられるようになっていった。そういったかるたをざっと調べたところ、江戸後期から明治期までのかるたはほぼ清音になっていることがわかった。清音の方がかるたの常識だったのである。

その調査の過程で、興味深いこともわかってきた。それは最初の競技用かるたである「標準かるた」（明治三十七年以降）の読み札が「ちはやふる」と清音になっていたことである。現在、全日本かるた協会は「ちはやぶる」と濁って読むことを主張しているが、なんと最初に作られた「標準かるた」では「ちはやふる」と清音で読まれていたのである。それが大正十四年に

「公定かるた」として大幅改訂された際、「ちはやぶる」と濁音で表記されるようになっている。
何故この時、清音から濁音に修正されたのかは不明であるが、「公定かるた」の版元である東京図案印刷から出された『百人一首かるたの話』（大正十五年）を見ると、「読についての私見」の中で、「正しい」のは「ちはやぶる」（238頁）と主張されていた。(9) 要するに競技かるたが「ちはやぶる」を濁音にしたのは、大正十四年のことだったのである。このあたりが清濁の境目だろうか。

では濁音が正しいとされる理由は何であろうか。それは明確な根拠があるというのではなく、『万葉集』重視の姿勢にあるようだ。百人一首の「序歌」を「難波津に」歌に制定した佐佐木信綱は、『万葉集』の研究者としても知られている。また『百人一首講義』という当時のベストセラーの著者でもある。この本は明治二十七年初版刊ということで、歌の表記は「千早ふる」と清音になっていたが、語釈では「千早ぶる」と濁音になっており、表記が統一されていなかった。

大正・昭和に至って「ちはやぶる」（濁音）本文が急激に広まったようだが、その理由は勢いの強い・勇猛なという意味を有する「ちはやぶ・いちはやぶ」を語源とすることで、「破る」という表記（語源）が積極的に選び取られ、濁って読む方が戦時体制の日本社会の中で歓迎されたからであろう。競技かるたの読みは、そういった日本の時代背景に迎合して、濁音に修正されたのではないだろうか。もしそうなら、それは学問的とはいえない改訂だったことになる。

## 七、まとめ（清音復活に向けて）

以上、マンガ「ちはやふる」に触発されて、今まで気にも留めなかった清濁をめぐって考察してきた。その結果、上代の用例に依拠する形で、『古今集』の「ちはやぶる」歌全九例までもが濁音とされて済まされていることが明らかになった。

たとえ上代の用例が濁音優勢であっても、その後で清音化していったことを重視すれば、『古今集』や百人一首は清音で読む可能性が存する（高い）はずである。そのことに言及せず、上代に遡って語釈を施して済ませ、それにひきずられるように本文まで濁音にするというのは、時代的変遷を無視していることになろう。[10] 本稿の題名を「「ちはやぶる」幻想」とした所以である。

実は最近の古語辞典においては、もはや清音には一切触れず、「ちはやぶる」表記だけで済ませているものが少なくない。本稿では、そういった常識の落とし穴に陥っている事実をあぶりだしてみた次第である。これは案外放置できない重要な問題だったようである。

結論としては、必ずしも「ちはやぶる」（濁音）が間違っているわけではないものの、だからといって絶対に正しいともいいがたい。肝心の業平はどちらで詠んだのだろうか。また、たとえ『古今集』が濁音であったとしても、だからといって百人一首まで濁音にするのはいかがであろうか。むしろ中世成立の百人一首は、濁音から清音への変遷を踏まえた上で、「ちはやふる」と清音で読むのが妥当ではないだろうか。それが無理なら、せめて清音化していったことくらいはコメントしていただきたい。

**注**

（1）島津忠夫氏『百人一首』（角川文庫）は、藤原定家の解釈という観点からあえて「くぐる」説で掲載・解釈しておられる。百人一首の解釈としては妥当であろう。

（2）マンガがこれほど大ヒットしなければ、清濁問題は取りあげられなかったであろうから、その意味でマンガ「ちはやふる」は、全日本かるた協会にとって「もろ刃のやいば」なのかもしれない。あらためて協会でも清濁の是非について真摯に再検討していただきたい。

（3）現在、競技かるたで使用されている大石天狗堂の読み札を見たところ、「ちはやぶる」と濁音で書かれていた。最近の読み札は濁音表記が普通のようである。唯一、北海道の下の句かるたの読み札だけは、今でも清音表記になっている。これは明治期の読みをそのまま継承しているためである。明治・大正期の活字かるたなら清音の可能性が高い。

（4）角川の「古語辞典」でも、「上代には「ちはやふる」」と、根拠を示すことなしにコメントされている。

（5）　全十六例の歌番号（旧番号）は、一〇一番・一九九番・四〇四番・五五八番・六一九番・一二三〇番・二四二〇番・二六六〇番・二六六二番・二六七一番・三二三六番・三二四〇番・三八一一番・四〇一一番・四四〇二番・四四八九番である。

（6）　秋永一枝氏も「後者（布）は巻二十防人歌で確例としがたい」（秋永氏「発音の移り変り」『日本語の歴史』大修館日本語講座6・昭和52年2月）と述べておられる。

（7）　ただし『万葉集』の中に「千劔破」という漢字表記は見当たらなかった。下って『太平記』には認められる。

（8）　本居宣長や平田篤胤も濁音になっている。衣川長秋の『百人一首峯梯』はF・V・ディキンズが英訳の際に活用した注釈書だが、賀茂真淵の説を継承しているために「ちはやぶる」が濁音になっていた。それを参考にしているディキンズの表記も、当然濁音になっている。さらにそのディキンズ訳を参考にしているマッコーレー訳も濁音表記だが、同じくディキンズ訳を参考にしているポーター訳は清音表記になっていた。これはポーターがディキンズから借りて参考にした江戸後期の版本（千載百人一首倭寿）が清音表記になっていたからであろう。吉海直人『『千載百人一首倭寿』の翻刻と解題」同志社女子大学日本語日本文学9・平成9年10月参照。「ちはやぶる」の清濁は翻訳（意味）にかかわらないものの、どちらで表記するかという問題は残る。この点に関してはカーロイ・オルショヤ「百人一首の英訳から見る「ちはやぶる」表記の変遷」同志社女子大学大学院文学研究科紀要17・平成27年3月参照。

（9）　その他、「わたのはら」は中世において「わだのはら」と濁って読まれるようになっており、標準かるたも濁音だったが、公定かるたでは「ちはやぶる」とは逆に「わたのはら」と清音で読まれている。

（10）同様の問題として人丸の「あしびきの」は、『万葉集』では「あしひきの」と清音で読まれているが、競技かるたでは『万葉集』に引きずられることなく「あしびきの」と濁音になっている。協会では読み（清濁）を統一する基準は設けられていないようである。百人一首としてはこういった時代的変遷について、定家の時点で解釈したい。

# 第九章　在原業平歌（一七番）の「水くぐる」再考

## ——森田論を受けて——

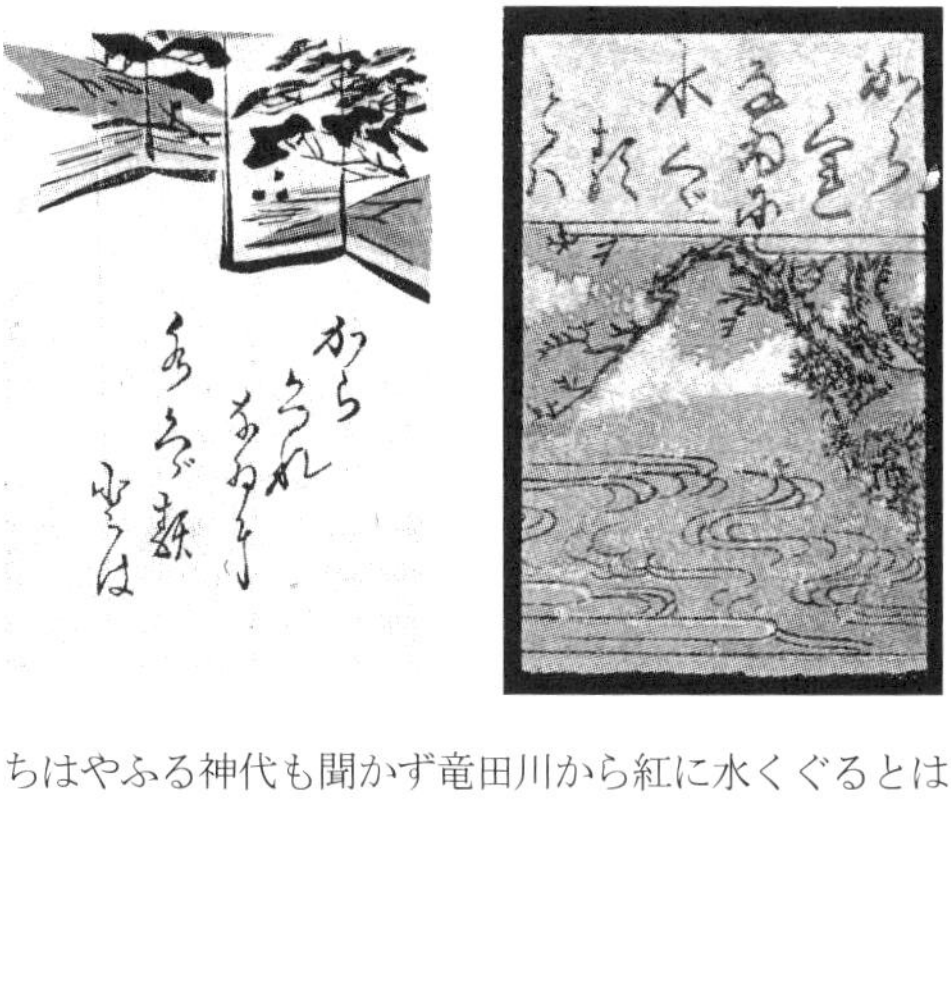

ちはやふる神代も聞かず竜田川から紅に水くぐるとは

## 一、問題提起

百人一首研究の指針として、島津忠夫氏の影響を多大に受けた私は、島津氏の尻馬に乗って撰者藤原定家の解釈を最重要視して研究してきた。その好例が業平の、

ちはやふる神代も聞かず竜田川から紅に水くぐるとは　（一七番）

歌である。この歌の五句目に関しては、「水潜る」説と「水括る」説が対立している。これを時間軸に沿っていうと、古注では「水潜る」説のみだったが、江戸時代中期に賀茂真淵が「水括る」説を提唱したことで、現在も「水括る」説が優勢というか通説になっている。

それに対して島津氏は、

『顕註密勘』から知られるように、定家もともより「くぐる」説により業平の歌を解釈し、みずからも本歌にしてよんでいるのであるから、「現代語訳」には、『古今集』の歌としては明らかに誤訳としなければならない解釈をあえて施したのである。

（『新版百人一首』角川ソフィア文庫271頁）

と断わられた上で、

竜田川にまっ赤な色に紅葉がちりばめ、その下を水がくぐって流れるということは。

（同46頁）

と、あえて「水潜る」説で現代語訳されている。『古今集』の歌としては明らかに誤訳である」ということについては、脚注五でも、

川水に紅葉の流れるのを、川水をくくり染めに染めたものと見立てたとする。『古今集』の解釈としては、もちろん「くくる」を潜るととることは誤りである。（同46頁）

と繰り返されている。(1)

島津氏の悲痛なまでの意思表示に感動したことで、私は百人一首は出典である勅撰集の解釈を受け入れるのではなく、百人一首独自の解釈を模索すべきだと考えるに至った。その方針で今日まで百人一首研究を進めてきたのだが、最近になって反省すべき点が見つかったので、あらためて「水くぐる」について再考してみたい。

## 二、森田説の紹介

もともとこの歌については、納得しかねる点があった。本当に「水括る」説が正しいとは思えなかったからである。そもそも「水括る」とは纐纈《こうけつ》染めのこととされているが、そのことが資料的に十分提示されていなかったからである。ただそういった染物のことは門外漢であるし、自分で調べるのは困難だと半ば諦めていた。

そんな中、森田直美氏の「水は括られたのか」という興味深い論文が発表された。(2) 森田氏は

従来の「くくる」か「くぐる」かを再検討され、「くくる」説の証歌として提示されている歌の本文の危うさを指摘され、さらに「くくる」説が浮上した背景に、実際に括り染めの流行があったことを証明されている。その上で「くぐる」を「潜る」ではなく「流れる」と解せることを論じておられる。

なるほど業平と一緒に献上された素性法師の、

もみぢばの流れてとまるみなとには紅深き浪や立つらむ　（古今集二九三番）

にしても、「紅深き浪」というのは深紅に染まった水であろう。その上で、結論として森田氏は、

「紅葉を紅の水に見立てる表現」は、六歌仙時代においては、かなり新奇なものだったと推測される。よって本稿が示した試訳も、業平の時代においては、外連味に満ちた上句「神代も聞かず」を受けるにふさわしい、目新しい詠みぶりと見ることができるのである。

と述べておられる。この論に触れた私は、これまで島津氏の説を盲信していたことに気付いた。島津氏は定家の解釈を知る手段として、『顕註密勘』を最大限に活用されていた。そこには確かに定家の説が書かれているのだが、それはあくまで『古今集』の注釈でしかなかった。一方で『古今集』と百人一首の違いをあげていながら、『古今集』の注釈である『顕註密勘』によって、それを定家の説として百人一首に応用するのは詭弁ではないのかと思っていた。もちろん

それ以外に定家の説は見当たらないので、島津氏もそれを承知の上で便宜的に活用されていたはずである。

私がいいたいのはそんなことではない。島津氏は『顕註密勘』によって、定家も顕昭の説に賛同しているとして論じておられた。島津氏を信奉する私は、そのことに何の疑いも持たず、定家は「水潜る説」を提唱していたと信じ込んでしまい、『顕註密勘』を検討することを怠ってしまったのだ。

## 三、『顕註密勘』の再検討

そこで初心にもどって『顕註密勘』にどう書かれているか、あらためて分析・検討したい。まず顕昭は『古今集註』として、

水くぐるとは、紅の木のはの下を水のくぐりてながると云歟。潜字をくぐるとよめり。寛平宮滝の御幸に、在原友于歌に、時雨には竜田の河も染みにけり唐紅に木の葉くぐれり、此歌は河を落葉くぐるとよめり。

云々と注している。それに対して定家は、

今案に、業平は紅葉のちりつみたるを、くれなゐの水になして、竜田河をくれなゐの水くぐる事は、昔もきかずとよめる歟。此友于時雨にたつたの河をそめさせつれば、からくれ

> なゐにこのはをなして川をくぐらせたれば、只同事にて侍歟。
>
> （『日本歌学大系別巻五』176頁）

と記している。これを見た私は、安易に定家も「水潜る」説だと思い込んでしまったわけだが、それは長谷川哲夫氏も同様だった[3]。ところが今これを冷静に見ると、「今案」にとあるではないか。これはそれ以前と異なる意見を述べる際に用いるものではないだろうか。

とすると「今案」以下に「業平は紅葉の散りつみたるを紅の水になして竜田河を紅の水くぐる事は昔も聞かず」とあるのは、必ずしも「水潜る」説ではなく、「水そのものが紅に染まって流れる」と述べていることになりそうだ。つまり定家は「潜」にこだわっているのではなく、紅葉で川の水が紅に染まっているという説を提示しているのである。要するに、これまで定家説とされてきた「潜る」は、顕昭説ではあっても定家説ではなかったのだ。誤ってというか安易に顕昭説を定家説として論じていただけなのである。

ここでもう一つ思い当たったことがある。それは、百人一首に紅葉を詠じた歌が六首あるが、そのうち業平歌だけ紅葉が詠み込まれていないことである。これまでは詠み込まれていない紅葉を想像して解釈していたのだが、「紅の水」という見立てになると、もはや紅葉の存在は考えなくてもよさそうである。詠まれてもいない紅葉を幻視することで、かえって紅葉の呪縛を受けていたのかもしれない。しかし「紅の水」の方がずっと奇抜でずっと業平らしいのではないだろうか。

## 四、「紅涙」浮上

実はこの説というか「紅の水が流れる」という解は、森田氏のずっと以前に野中春水氏の御論で言及されていた。(4) ただしそこではC説として、「別にくぐるを単に流れるの意に解したもの」と分類されており、マイナーな説として重視されてはいなかった。それでも「毘沙門堂本古今集註」の説として、

河水に紅葉流れて水のからくれなゐとはきかずとなり

や、祐海の「百人一首師説抄」に、

水が紅になりてくぐるという説よきなり

が紹介されており、ここから「紅の水が流れる」ことは読み取れたはずである。それにもかかわらず、C説を読み飛ばしてしまったことが後悔される。

あらためて「紅の水」に注目すると、そこから新たに開けてくることがある。その前にもう一つ、業平の人生に関わることを考えておきたい。それは『古今集』二九三番の詞書に、

二条の后の春宮のみやす所と申しける時に、御屏風に竜田川にもみぢ流れたるかたをかけりけるを題にてよめる

とあることだ。百人一首の撰歌意識について、私には秀歌ということ以外に、その歌人の人生史を象徴する歌が撰ばれているという持論がある。(5) それで考えると、この歌は業平と高子との過去の関係を想起させる要素が含まれていなければならない。

「神代」という誇張表現にしても、その裏に業平と高子の過去の恋愛を想定してもいいはずである。しかしそれだけでは物足りない。二人の過去について、業平はどのように思っていたのか、それが歌に表明されていなかったからである。紅葉の美しさを奇抜に詠じるだけでは、業平の代表歌としては面白くあるまい。

そのわだかまりが、今回ようやく払拭されることになった。紅葉の呪縛を解き放ち、森田氏のように「括る」でも「潜る」でもなく「深紅に染まった水が流れる」と解釈すると、「から紅」や「紅」を詠じた歌の多くには、「涙」や「流れる」という共通要素が見出せることに気付く。それは有名な中国の「卞和《べんか》の璧」から派生した「紅涙」「血涙」を引用しているからである。

これを業平歌に援用すれば、業平もかつての恋人高子との過去に対して、血の涙を流して悲しんだという自らの思いを、この歌に託していると見ることができる。業平は「涙川」の歌も読んでいるので（伊勢物語一〇七段）、それに色を付けてさらに誇張したものということになる。そのことに今まで誰も言及していないということは、業平歌の仕掛けに気付かなかったことになる。

## 五、まとめ

以上、従来から対立していた「くくる」か「くぐる」かは、研究としては膠着状態に陥っていたのだが、そこに森田氏によって新しい解釈が提起された。それは「括る」でもなく「潜る」でもなく、「深紅に染まった水が流れる」と解釈すべきだというものである。どうやら「から紅に水くぐる」そのものが、業平の独自表現だったようである。

これは私にとってまったくの盲点であった。というのも、業平歌には紅葉が詠じられていないにもかかわらず、島津説を盲信していたことで、却って見えない紅葉を幻想させられ続けてきたからである。その結果、括り染めか錦織かということが研究の焦点になってしまった。もちろん島津説を盲信したのは私であって、決して島津氏が悪いわけではない。しかもこのことによって、定家の解釈という島津説をより深める結果となった。

ここで紅葉の呪縛から解放された私は、森田説に導かれて、定家が「潜る」説ではないことにようやく気付いた。それによって業平歌には、漢文由来の「紅涙」が投影されていると考えてみた。すると『古今集』の詞書にある「二条の后」の存在が生き、恋愛を引き裂かれた高子に対し、業平の悲しみの深さを奇抜かつ誇張表現の中に密かに隠していたという解釈が可能になったのである。

これでこそ業平の特徴が遺憾なく発揮された、まさしく業平の代表歌といえるのではないだろうか。

**注**

（1）賀茂真淵は『古今和歌集打聴』で、「木の葉皆から紅にくくるとて霜の跡にも置きまさる哉」（『古今六帖』）を引き、この歌が水に無縁であることから「潜る」説を否定している。さらに『宇比麻奈備』では助詞に留意し、「から紅に」の「に」が「潜る」へ続かないことを説いている。それを本居宣長や香川景樹（『百首異見』）が肯定して以来、近代の注はほとんど「くくる」説を採用している。

（2）森田直美氏「水は括られたのか―在原業平「唐紅に水くくるとは」の清濁―」都留文科大学研究紀要89・平成31年3月

（3）長谷川哲夫氏『百人一首私注』にも「定家は異を唱えていないので、顕昭と同じく「くぐる（潜）」と理解していたものと考えられる」（117頁）とある。大岡信氏の『百人一首』（講談社文庫）でも、「「水くくるとは紅の木の葉の下を水のくぐりて流るる」ことだとする先人顕昭の『古今集』註を、定家がそのまま受入れていたことは、その著『顕註密勘』に明らかである」と述べられている。

（4） 野中春水氏「異釈による本歌取―「水くくる」をめぐって―」国文論叢3・昭和29年11月
『百人一首研究集成』和泉書院・平成15年2月収録）
（5） 吉海直人『百人一首の新研究―定家の再解釈論―』（和泉書院）平成13年3月

# 第十章　素性法師歌（二一番）の「長月の有明の月」再考

今来むといひしばかりに長月の有明の月を待ち出でつるかな

## 一、問題提起

百人一首にある素性法師の、

今来むといひしばかりに長月の有明の月を待ち出でつるかな　（二一番）

歌には、待った時間に関して「一夜」説と「月来《つきごろ》」説が存している。島津忠夫氏は『顕註密勘』を用いて顕昭が、

心は長月の夜の長きに、有明の月の出るまで、人を待つと詠めり。

と「一夜」説を唱えているのに対して、定家は、

今こむといひし人を月来まつ程に、秋もくれ月さへ在明になりぬぞとよみ侍りけん。こよひばかりはなほ心づくしならずや。

と「月来」説で解釈していることを根拠として、百人一首の解釈としては「月来」説がふさわしいことを主張しておられる。

それに対して契沖は、『古今集』の配列から素性歌（恋四六九一番）は待恋題の歌群にあり、久待恋題の歌は恋五に配列されていることから、この歌は「一夜」説で解釈すべきだとしている。ここに旧注と新注の対立が認められるわけだが、それよりも契沖が『古今集』の配列を論じていることには留意しておきたい。

これまで百人一首は、出典たる勅撰集に遡って解釈されることが多かった。それが勅撰集の入門書たる百人一首の享受のあり方ともいえる。それに対して島津氏は、百人一首の歌を勅撰集に戻すのではなく、定家がどのように解釈しているかを考えるべきだとの立場を主張された。この場合、『古今集』の解釈としては契沖のいうように「一夜」説がふさわしいが、定家は「月来」説を主張しているのだから、百人一首の解釈としては「月来」説を尊重すべきだというこ とである。(1) 島津氏によって、ようやく百人一首独自の作品研究が開始されたといえよう。

## 二、「有明の月」について

素性歌に関しては、それで問題が解消されたと思われたのか、それ以外の研究は見当たらない。そこで本稿では、特徴的な「長月の有明の月」という表現について考えてみたい。

参考までに「有明の月」を辞書で引いて見ると、

夜が明けても空に残っている月。残月。また、陰暦で毎月十六日以降を「有明け」といい、その頃の月。　（三省堂『全訳読解古語辞典（第五版）』）

とあった。ほとんどの辞書がこれと同じように説明されており、どうも明け方の空に残っているというイメージが強く押し出されているようである。しかしながら、古典の用例では明け方ではなく、暗い夜空に月が出ていることを指す方が多い。空が暗いからこそ、「有明の月」が印象的に見えるからである。

もう一つ、「有明の月」が物語や和歌に頻出するのは、それが男女の後朝の別れの時間帯だからである。そのことは前掲『全訳読解古語辞典（第五版）』の読解のために設けられた「明け方の月は「有明の月」」にも、

> 和歌では「長月の有明けの月」とつづける形があり、晩秋がもっとも風情あるものとされていた。また、物語などでは、季節を問わず「有明けの別れ」の場面において有明けの月が微妙な陰影を与えている。

とその重要性が説明されていた。和歌で「長月の有明の月」と続けている点について、晩秋の風情が強調され、また物語における後朝の別れ場面で、「有明の月」が微妙な陰影を与えているとあるのはまさにその通りである[2]。なおこの記述は角川書店『古語大辞典』「ありあけ」項の、

> もっともあわれ深い風情とされ、特に「きぬぎぬ」の別れに、つれなく空に残っている月の光を、限りなく余情の深いものとして、多く歌に詠まれた。

を踏まえているのかもしれない。もっとも後朝の別れは原則として暁の暗い時間に行われるものであるから、それを「夜が明けても空に残っている月」としたのでは齟齬するというか間延びしてしまう。月の光が鮮明なのは、薄暮ではなく暗い空だからである。これは「明け方」を

夜明け頃と解釈しているからである。しかしながら古典の明け方は、真っ暗な午前三時を指す例が少なくない。

ここで気になったことが一つある。「有明の月」は一年を通じて毎月の後半にしか出ていないはずである。要するに一年の半分（月の半分）しか歌に詠じられないことになる。それもあって秋に限らず、春を詠じたものとして式子内親王は、

残りゆく有明の月の漏る影にほのぼの落つる葉隠れの花 （式子内親王集）

と詠んでいる。続く夏には百人一首で有名な、

ほととぎす鳴きつる方をながむればただ有明の月ぞ残れる （千載集一六一番）

があげられる。これは明らかに暁の時間帯である。冬についても百人一首にある坂上是則の、

朝ぼらけ有明の月と見るまでに吉野の里に降れる白雪 （古今集三三二番）

では雪と組み合わせて詠まれている。また藤原家隆など、

志賀の浦や遠ざかりゆく波間より凍りて出づるありあけの月 （新古今集六三九番）

と、凍りついた「有明の月」を見事に詠んでいる。

もちろん秋にしても菅原孝標女は、

思ひ知る人に見せばや山里の秋の夜深き有明の月 （更級日記）

と詠んでいる。それに対して百人一首で有名な、

有明のつれなく見えし別れより暁ばかりうきものはなしは無季のようである。こうしてみると「有明の月」は、必ずしも晩秋に限ったものではないことになりそうだ。

## 三、「有明の月」にふさわしいのは「長月」

ここで視点を変えて、睦月から師走までを月ごとに分け、それぞれ「有明の月」を詠んだ歌があるかどうかを調べてみた。その結果、勅撰八代集においてほとんどの月名が有明と一緒に詠まれていないことがわかった。睦月・如月・弥生・卯月・五月・水無月・文月・葉月・霜月・師走には該当する歌が見つからなかった。

もちろん「有明の月」は詠まれていなくても、

野辺見れば弥生の月の二十日までまだうら若きさいた妻かな　（後拾遺集一四九番）

は弥生二十日の月なので、春の「有明の月」で間違いあるまい。問題はそれを「有明の月」と詠んでいないことである。かろうじて『詞花集』に一例、

神無月有明の空のしぐるるをまた我ならぬ人や見るらん　（三二四番）

が見つかった程度である。これが月名と「有明の月」の詠まれ方の実態である。

それに対して「長月の有明の月」は少ないながらも、

古今集1・後撰集2・拾遺集1・新古今集1

の計5例があげられる。さらに、

万葉集2

と『万葉集』にも二首詠まれており、十二ヶ月の中では特別な月であった事がわかる。

このうちの『古今集』の用例こそは百人一首二一番歌なのだが（勅撰集の初出）、それ以外の用例をあげると、古い『万葉集』の二例は、

白露を玉になしたる九月の有明の月夜見れど飽かぬかも　（二二二三番）

九月の有明の月夜ありつつも君が来まさば我恋めやも　（二三〇四番）

であり、二首とも「有明の月」ではなく「有明の月夜」となっている。また二首目は「ありつつも」の序詞として用いられている。

次に勅撰集の残り四例は、

紅葉ばの散りゆく見れば長月の有明の月の桂なるらし　（後撰集四〇一番）

長月の有明の月はありながらはかなく秋は過ぎぬべらなり　（後撰集四四一番）

長月の有明の月のありつつも君しきまさば我恋めやも　（拾遺集七九五番）

しばしまてまだ夜は深し長月の有明の月は人まどふなり　（新古今集一一八二番）

である。『拾遺集』の歌は『万葉集』二三〇四番の再録であり、『後撰集』の二首目にしても

「ありながら」の序詞的用法となっている。

他にも私家集を探してみると、

いづれをか花とはわかむ長月の有明の月にまがふ白菊　（貫之集一〇二番）

我ならぬ人もさぞ見ん長月の有明の月にしかじあはれは　（和泉式部集八八八番）

が見つかった。その他、

長月もいく有明になりぬらん浅茅の月のいとどさびゆく　（新古今集五二一番）

という類似歌もある。それにしても用例数は少ない。

## 四、まとめ

ここではっきりさせておきたいのは、勅撰集で「長月の有明の月」を最初に詠じたのが素性だということである。加えて「長月の有明の月」を恋歌に用いているのも、勅撰集では素性の歌が最初のようである。

もちろん『万葉集』二三〇四番という先行歌の存在も大きい。ただし二三〇四番歌の「長月の有明の月夜」が「ありつつも」を導く序詞として機能しているのに対して、素性歌は「今来むといひしばかりに」を置き、「待ち出でつるかな」(3)で結んでいる点、完成度がより高くなっている。

ところで先にあげた『全訳読解古語辞典（第五版）』には、
「有明けの別れ」の場面において有明けの月が微妙な陰影を与えている。

とあったが、素性歌は決して通常の後朝の別れではない。これは来ない男を待つ恋なのでニュアンスが違っている。この場合の月は、待っている男は来ないで、（待ちもしていない）「有明の月」が出てきたという意味だが、仮にこれが「有明の月」でなければ、

あしびきの山より出づる月待つと人にはいひて君をこそ待て　（拾遺集七八二番）

と月を待つのも言い訳になるのだが、これが月の出の遅い「有明の月」となると、もはや男の訪れる時間が過ぎた（男はもう来ない）ことを察知させることになる。

最後に「長月」についてだが、これは「九月」ではなく「長月」という表記にこそ意味がありそうだ。躬恒の歌に、

秋深み恋する人の明しかね夜を長月といふにやあるらん　（拾遺集五一三番）

とあり、ここでは「長月」を「夜を長し」の掛詞として用いている。素性歌の「長月」にしても、「長い」夜を待ち明かしたという掛詞としての技法が内包されているはずである。それは『万葉集』にはない掛詞であり、だからこそ「長月の有明の月」だけが用いられた最大の理由ではないだろうか。

「長月」掛詞説はもっと一般化されるべきであろう。おそらく定家は、『古今集』ならぬ百人

一首において、「長月」を掛詞と考えていたと思われるからである。

**注**

（1）ただし定家の説は『古今集』の注釈書である『顕註密勘』にあるのだから、厳密には『古今集』の解釈であり、それを単純に百人一首の解釈に援用するのは必ずしも妥当ではあるまい。

（2）『全訳読解古語辞典（第五版）』では、その後に「朝に見る月」として『源氏物語』帚木巻における空蟬との後朝場面が引用され、「人妻空蟬への哀切な慕情と有明けの月の風情がみごとに融和している」と解説されている。同様のことは『歌ことば歌枕大辞典』（角川書店）の「有明」項にも、「『源氏物語』帚木の巻で、光源氏が空蟬と強引に契った後朝の場面の、「〈本文引用略〉」は、恋物語の中で有明の月が重要な役割を果たしている場面として有名である。」と記されている。なお吉海直人「空蟬物語の特殊性―暁の時間帯に注目して―」國學院雑誌113―3・平成24年3月参照。

（3）「待ち出で」について片桐洋一氏は、「積極的に待つ」意であり具体的には「簀子《すのこ》（縁側）で夜を明かす」ことと説いておられる（『古今和歌集全評釈』）。その場合、「出る」は月が出るだけではなく「自身が簀子に出る」を掛けていることになる。そうなると「出る」も掛詞だといえる。

# 第十一章　『百人一首』の「暁」考

## ―壬生忠岑歌（三〇番）を起点にして―

有明のつれなく見えし別れより暁ばかり憂きものはなし

## 一、問題提起

百人一首中に、「暁」という言葉はわずか一例しか用いられていない。その一例とは壬生忠岑の、

①有明のつれなく見えし別れより暁ばかり憂きものはなし　（三〇番）

である。この歌には「有明」も詠み込まれているが、「有明」と「暁」が一緒に詠まれている歌は勅撰集などには見当たらないので、これもこの歌の特徴の一つといえる。なお「有明」はかつては夜明けに出ている月とされていたが、小林賢章氏によって暁に出ている月と修正された。(1)百人一首には「有明」が四首に詠まれているので、この歌を含めて暁の資料として使いたい。

次に百人一首の歌を出典である勅撰集に戻して調べてみたところ、次の二首が詞書によって「暁」題で詠まれていることがわかった。

　月の面白かりける夜、暁方によめる　深養父

②夏の夜はまだ宵ながら明けぬるを雲のいづこに月宿るらむ　（古今集一六六番・三六番）

　暁聞郭公といへる心をよみ侍りける　みぎのおほいまうちぎみ

③ほととぎす鳴きつるかたをながむればただ有明の月ぞ残れる　（千載集一六一番・八一番）

②は詞書に「暁方」とあって歌に「明け」とある。③は詞書に「暁」とあって歌に「有明」が詠まれている。この用法からも「暁」と「有明」の重なりは納得される。まずはこの三首を対象として、百人一首における「暁」について考えてみたい。

最初に確認しておきたいのは、「暁」の時間帯である。古典における「暁」とは、決して「夜明け前」ではなく、現在の午前三時から五時までの比較的長い時間帯を指しているとされている（定時法）。必然的に前半の暗い時間と後半の明るくなりかける時間を内包していることになる（季節によっても異なる）。そうなると「暁」を漠然と「夜明け前」と定義した場合、それはまだ暗い頃なのか、あるいは薄明るい頃なのかという二つの選択肢（可能性）が生じることになる。従来はそのことにほとんど拘泥せず、安易に「夜明け前」（明るくなりかけ）として済ませていたようである。しかしそれでは歌を正しく解釈することはできまい。これが第一のポイントである。

たとえば②「夏の夜は」歌など、下に「明けぬるを」とあることから、安易に夜が明けてしまった、即ち明るくなったと解されることが少なくなかった。しかし夜が明けてしまったら、「暁」も過ぎてしまうことになる。これに関して小林賢章氏は、丑の刻と寅の刻の間が日付変更時点であることを前提とされた上で、「暁方」という表現に注目され、それが暁になりたての頃を指す限定表現とすべきことを提起しておられる。(2) だからこそ「明く」が用いられているとすれば、ここは日付が翌日になったばかりの午前三時頃となるから、夏の夜といえども夜明けにはまだ随分間があることになるので、あたりは真っ暗なはずである。そう考えるとこの歌の解釈は、少なくとも視覚（月と空の明るさ）に関しては大きく修正する必要がありそうだ。

歌に使われている「宵」は、夜を三分割した最初の時間帯であるから、「宵」からすぐに「暁」に移行（直結）することはない。その間に長い「夜半」（夜）が存するからである。この時間の推移にも留意すべきであろう。その上で「暁」につながる夜の時間帯として、『百人一首』には、

④夜をこめて鳥の空音ははかるともよに逢坂の関はゆるさじ（六二番）

⑤よもすがら物思ふころは明けやらで閨のひまさへつれなかりけり（八五番）

の二首が詠まれている。清少納言の「夜をこめて」歌に関しては、一般的には「夜通し」（一晩中）・「深夜に」という意味で解釈されているが、私見では「翌日（午前三時）にならないうちに」と解釈したい[3]。というのも、「夜をこめて」の時間帯が過ぎると「暁」になるからである。この場合「暁」よりも前の、比較的短い時間帯ということになる。

ここで前に戻って③「ほととぎす」歌に関しては、詞書に「聞」とあって「見る」とされていないことに留意したい。ほととぎすの鳴き声（聴覚）をたよりにその方向を向いたところ、時鳥の姿は見えず、「有明の月」が皎々《こうこう》と照っていたというのであるから、むしろあたりはま

だ暗い方がふさわしい（月もよく見える）。この暁も「暁方」つまり暁になりたての時刻と考えたい。要するに「暁」は視覚ではなく、聴覚が活躍（機能）する時間なのである。

ついでながら「暁」との関連が深い「有明の月」は、一般に満月以後の遅く出る月のことととされている（「残る」と詠まれることが多い）。古典文学では二十日過ぎに出ている月が最もふさわしいとされているが、原則として「暁」（午前三時過ぎ）以降に出ている（空に残っている）月であれば、月がどの位置にあろうと、それを「有明の月」と称することは可能のようである。だから二十日過ぎにこだわる必要はあるまい（十五日以降なら可）。

なお①「有明の」歌に「月」という言葉はないが、闇夜に「見え」ているのは「有明の月」で間違いあるまい（相手の女性とする説もある）。むしろ暁の光とあったら、まず日光ではなく月光を考えていただきたい。では②の「月の面白かりける夜」とは、一体いつ頃の月であろうか。仮に月の上旬であれば、「暁方」に月は沈んで見えなくなるはずである。下旬であれば、眼前の月を見ながら「雲のいづこに月宿るらむ」と詠じていることになる。また中旬であれば満月に近いし、ちょうど「暁」に月が沈むので、これが一番ふさわしいかもしれない。「暁」という時間帯に注目するだけで、百人一首にもこのような雑多な問題が浮上してくるのである。[4]

## 二、「暁の別れ」と「有明の別れ」

ところで忠岑の①歌は「有明」とあるのだから、必然的にこの歌が詠まれたのは「暁」で、しかも「有明の月」が見えている時ということになる。(5)「有明」というのは、たとえ月を伴わなくても、月の存在を前提にしている表現だからである。その上で問題にすべきは、「有明の別れ」である。前述のように月の上句に「有明の月」は出ていない(暁闇)とすると、上句には決して「有明の別れ」は歌に詠じられないことになる。些細なことかもしれないが、「有明」という歌語は、「有明の月」が出ている時に限定使用される言葉なのである。

一般的にはそれを「暁の別れ」とも称しているが、これなら月が出ていない上句でも使用可能である。では「有明の別れ」あるいは「暁の別れ」の実態は、一体どのようなものなのだろうか。参考までに『後撰集』を例にあげて見てみよう。私的詠歌の多い『後撰集』には、

・夢よりもはかなきものは夏の夜の暁方の別れなりけり　(一七〇番)
・いかでわれ人にも問はむ暁のあかぬ別れや何に似たりと　(七一九番)
・暁のなからましかば白露のおきてわびしき別れせましや　(八六二番)

といった後朝の歌が少なからず収められている。②にしても「夏の夜」から「暁方」に時間が経過しているわけである。また『源氏物語』賢木巻でも、光源氏は六条御息所との別れに際し

て、いかにも後朝風に、

・暁の別れはいつも露けきをこは世に知らぬ秋の空かな　（新編全集89頁）

と詠じている。これを文字通りに解釈すれば、「暁の時間帯の別れ」ということになるが、そういった把握だけでは不十分である。そもそも「暁の別れ」は、原則一夜を共にした男女の別れである。具体的には、訪れていた男が女の元から帰る際（帰った後）に「後朝の歌」として詠まれる場合が多い。そのため類型的にならざるをえなかった。もっとも賢木巻の場合は「榊の憚り」があるので、「擬似後朝の別れ」なのかもしれない。

なお『後撰集』八六二番の「白露のおきて」には、露が「置きて」に男が「起きて」（起床）が掛けられている。男が帰るためには、まず起きて身支度を整えなければならないからである。当然「暁起き」という類似表現も認められる。それがやはり『後撰集』に、

・おく露の暁起きを思はずは君が夜殿に夜離れせましや　（九一五番）

と詠まれている。また和歌ではないが『和泉式部日記』にも、

女は寝で、やがて明かしつ。いみじう霧りたる空をながめつつ、明くなりぬれば、このあかつき起きのほどのことどもを、ものに書きつくほどにぞ例の御文ある。（新編全集48頁）

とある。(6)「寝でやがて明かしつ」とあるので、どうやら和泉式部は寝ないで暁（翌日）を迎え、さらに「明くなりぬれば」と視覚的に明るくなってから（つとめて）、自らの「暁起き」の心情

を宮に書き綴って送ったことになる。

『後撰集』の「暁の別れ」こそは、まさしく「後朝の別れ」であった。単に「後朝の別れ」であれば、特に時間の指定はなくてもよさそうに思えるが、実際にはやはり「暁」の時間帯に別れることになっていたのである。その場合、男には真っ暗なうち（暁方）にさっさと帰るか、それとも薄明るくなる頃まで留まって遅く帰るかという選択の余地があった。もちろん帰りの遅い方が女に対する愛情が深いと解釈される。

ただしあまりにも帰る時間が遅いと、小大君が、

　大納言朝光下﨟に侍ける時、女のもとに忍びてまかりて暁に帰らじと言ひければ、

・岩橋の夜の契りも絶えぬべし明くるわびしき葛城の神　（拾遺集一二〇一番）

と詠んでいるような事態も生じる。これは明るくなるまで居すわって、女の顔を見ようという男の魂胆である。

なお「暁」になりたての時刻（暁方）は真っ暗なので、視覚的にその時刻の到来を知ることは困難である。そうなると聴覚的に時刻を察知したことになる。では聴覚的なシグナル（時計替わり）として、一体どんなものがあったのだろうか。原始的なものとしては「鶏鳴」、つまり一番鶏の鳴き声をあげることができる（どれだけ正確に時を告げるかは疑問）。たとえば『伊勢物語』一四段の、

夜も明けばきつにはめなでくたかけのまだきに鳴きてせなをやりつる　（新編全集126頁）

がその好例であろう。鶏が早く鳴いたので、あの人が帰ってしまったというのであるから、まさしく鶏の鳴き声が男の帰る合図となっていることがわかる。しかも「夜も明けば」とあることから、男が帰ったのはまだ夜が明けていない時刻ということになる。それこそが「暁」であろう。ここに「まだき」とあるのは本当に早いのではなく、愛する男と別れたくない（男を帰したくない）女の心情表現（願望）も投影されているからであろう。

要するに男は夜明け前（暁）に帰っているのである。こういった一番鶏のことは『古今六帖』所収の、

恋ひ恋ひてまれに逢ふ夜は暁の鳥の音つらきものにぞありける　（二七三〇番）

や『後撰集』の、

ひとり寝る時は待たるる鳥の音もまれに逢ふ夜はわびしかりけり　（八九五番）

などにも詠まれているが、女の側としては「つらし」「わびし」「まだき」という時間帯であった。

「鶏鳴」以外には「鐘の音」（暁の鐘）もあげられる。これはお寺における六時の修行のうちの「後夜の鐘」である。ちょうど午前三時に鐘がつかれるということで、それが仏教とは無縁に、便宜的に男女の別れの合図として機能している（援用されている）のである。だからこそ

『後拾遺集』の、

　暁の鐘の声こそ聞こゆなれこれを入相と思はましかば　（九一八番）

といった反実仮想の歌が詠じられたのであろう（男も礼儀として帰りたくないと訴える）。

宮中においては、天智天皇以来漏刻（水時計）を用いての「時奏」が行われていた。『源氏物語』賢木巻における光源氏と朧月夜の宮中における密会場面は、

　「寅一つ」と申すなり。女君、

　　こころからかたがた袖をぬらすかなあくとおしふる声につけても

　とのたまふさま、はかなだちていとをかし。　（新編全集105頁）

と記されている。これは小林氏も論じられていることだが、宿直奏の「寅一つ」を耳にした朧月夜は、それを聞いて「明くと教ふる声」と詠じている。もちろんこの「明く」には「飽く」（男に飽きられる）が掛けられている。

ここはあくまで聴覚情報だから、視覚的に夜が明けたのを察知したのではなく、寅の刻つまり翌日になった（別れる時になった）ことを耳で聞き知ったと解釈せざるをえまい。これが宮中において暁の到来を知る便法であった。

## 三、薄明の「暁」

ところで「暁の別れ」は、いつでも真っ暗な時刻に行われていたわけではない。前述のように「暁は午前三時から五時までの時間帯なのだから、季節によっては夜明け近くの別れも可能である。という以上に、別れを惜しむが故に帰りが遅くなることもしばしばあった。そのことについて藤原道信の、

⑥明けぬれば暮るるものとは知りながらなほうらめしきあさぼらけかな　（五二番）

によって考えてみたい。これはまさしく「後朝の別れ」を詠んだ歌であるが、「あさぼらけ」とあることから従来は暁の後半、つまり視覚的に明るくなりつつある時刻になっているとされていた。その方が愛情の濃い「後朝の歌」(7)としてはふさわしいようにも思われる。ただし「朝ぼらけ」を恋歌に応用したのは、どうやらこの道信歌が初出らしい。その点には注意が必要であろう。

また「後朝の歌」ではないが、百人一首には、

⑦あさぼらけ有明の月と見るまでに吉野の里に降れる白雪　（三一番）

⑧あさぼらけ宇治の川霧絶えだえにあらはれわたる瀬々の網代木　（六四番）

と、他にも「朝ぼらけ」が詠まれている（全三例）。ともに「あさぼらけ」とあるから、薄明

るくなる時間帯を詠じた歌とされていた。ただし⑦の「有明の月」は実際の月ではなく、月と見まがうような白雪を詠じた比喩表現なので、やや特殊な例と見ておきたい。(8) これを本歌取りした源道済の「朝ぼらけ雪降るさとを見渡せば山のはごとに月ぞ残れる」(『後拾遺集』四〇六番)もある。いずれにしても日光ではなく月光であった。

この「あさぼらけ」とほぼ同じ時刻とされているのが「しののめ」・「あけぼの」である（百人一首に用例なし）。「あけぼの」は『枕草子』初段冒頭の「春はあけぼの。やうやう白くなりゆく山際」（新編全集25頁）が有名である。ただし「あけぼの」は和泉式部や『源氏物語』が初めて美的に歌に詠じており、歌語としては当時まだ確立していなかったので、ここではこれ以上問題にすることはできない（『枕草子』にも用例は初段の一例のみである）。では散文の例として、『源氏物語』帚木巻で光源氏が紀伊守邸から帰る折の描写に、

月は有明にて光をさまれるものから、かげさやかに見えて、なかなかをかしきあけぼのなり。（新編全集104頁）

とあるのはどうだろうか。「光をさまれる」というのは、空が次第に明るくなりつつある「あけぼの」の時刻ということで、日の光によって「有明の月」が目立たなくなっているという意味である（太陽と月の交替）。「なかなかをかしきあけぼのなり」というのは、一般的にはそうではないことになる。

もう一つの「しののめの別れ」については、同じく『源氏物語』夕顔巻に、

いにしへもかくやは人のまどひけむわがまだ知らぬしののめの道　（159頁）

と詠じられている。「しののめ」の時刻に、男が女と別れて帰る道が「しののめの道」である。ここも既に「明けゆく空いとをかし」い時刻になっていた。これより早く『古今集』に、

・しののめのほがらほがらと明けゆけばおのがきぬぎぬなるぞ悲しき　（六三七番）

・しののめの別れをしみわれぞまづ鳥よりさきになきはじめつる　（六四〇番）

などと出ている。「ほがらほがら」とあるのは徐々に明けていく（明るくなる）感じがする。しかしながら、「鶏鳴」は「暁」を告げる合図であるから、この歌は必ずしも明るくなりつつある「しののめ」ではなかろう。むしろこういった「しののめ」・「あさぼらけ」は、「暁の別れ」と同義（同時間帯）と考えたい。(9)

それに関して、片桐洋一氏は『古今和歌集全評釈（中）』において、

この歌は、その鶏の声より前に、すなわち夜明けよりも前に「しののめの別れ」を惜しんで泣いたと言っているのである。　（601頁）

と説明されている。これは「泣く→鶏鳴→しののめの別れ」の順であろうか。いずれにしてもこの場合は、「鶏鳴」が別れの合図として機能していないことがポイントであろう。といっても、「鶏鳴」の原則の上にこの歌が詠まれていることは間違いあるまい。

同様のことはほととぎすにもあてはまる。『古今集』の、

　夏の夜のふすかとすればほととぎす鳴くひと声にあくるしののめ　（一五六番）

は、ほととぎすの鳴き声と同時に「明くるしののめ」と歌っているのだから、やはりこれも明るくなるのではなく、翌日になる意味であろう。そのことは『後撰集』の、

・ほととぎすひと声に明くる夏の夜の暁方やあふごなるらむ　（一九一番）

・ほととぎす暁方の一声はうき世の中をすぐすなりけり　（一九七番）

などからも納得できる。ここも小林氏の「暁方」説に依ることで、「明くる夏の夜」は決して視覚的に明るくなる夜明けではなく、やはり日付が変わって翌日になる意とすべきだからである。当然あたりはまだ真っ暗である。

　これはまさにほととぎすの声（聴覚）が「暁」を告げていることになる（時計の代用）。そうなるとほととぎすの鳴き声も、「鶏鳴」と同様の機能を果たしていることになりそうだ。なお「時鳥」は渡り鳥であるから、夏以外の季節に歌に詠まれることはない。一年のうちの夏だけに限定される歌語であるが、「有明の月」の限定用法と同様に、そういったことを意識している人は案外少ないようである。

## 四、「憂き暁」

「暁」が別れの時間だということを逆手にとれば、心情的に「暁」(別れの時刻)の到来を嫌がる歌も登場する。前述の①や『後拾遺集』(既出)の、

暁の鐘の声こそ聞こゆなれこれを入相と思はましかば　(九一八番)

がそうであるし、『相模集』の、

つつむことありてたまさかに見ゆる人、静心なくてあはたたしき心地のみすれば、思ひたらむもうるさうて、小町が言ひけむやうに、

・逢ふことぞやがてものうき暁の夜深き我を思ひ出づれば　(二〇〇番)

も、たまさかにしか逢えないこともあって、逢うこと自体が「暁の別れ」の物憂さに直結して考えられている。

また待つ身が暁に至れば、通ってくる予定の男はもはや通って来ないという厳然たる事実が女に付きつけられることになる。たとえば素性法師の、

⑨今来むといひしばかりに長月の有明の月を待ち出でつるかな　(二一番)

は、素性が女の立場で詠んだ歌(女歌)である。男のすぐ来るという言葉を信じて一晩中待ち明かし、ついに待っていた男は来ないで、待ちもしない「有明の月」が出たという展開になっ

ている。ただし「有明の月」は「暁」の前に出ている月なので、月の出は「暁」以前でもかまわない。「有明の月」は、前述のように「後朝の別れ」を象徴する「有明の別れ」であるから、この場合は「有明の月」の登場によって、もはや男は来ない（通ってくる時間帯が過ぎた）ことを実感させられる。それこそがまさに「暁」の歌の本質ということになる。

これに近いことは赤染衛門の、

⑩やすらはで寝なましものを小夜ふけてかたぶくまでの月を見しかな　（五九番）

歌にも見ることができる。出典である『後拾遺集』六八〇番の詞書には「たのめてまうでこざりけるつとめて」とある。もし男が来ないことがわかっていたら、西に傾く月など見ていないで（待っていないで）さっさと寝てしまったのにと後悔しているわけである。ここは「かたぶく」とあるので、月の出ではなく月の入りである。これは十日頃の月かと思われる。男が来ない時間になったということは、裏返せば暁になったということであろう(10)。ただし恨みの手紙はもう少し後、明るくなった「つとめて」に贈るものらしい。

道綱母の例（五三番）もこれにもあてはまる。出典である『拾遺集』九一二番の詞書には認められないものの、『蜻蛉日記』を見ると、

あかつきがたに、門をたたく時あり。さなめりと思ふに、憂くて、開けさせねば、例の家とおぼしきところにものしたり。つとめて、なほもあらじと思ひて、

⑪　なげきつつひとり寝る夜のあくるまはいかに久しきものとかは知る

と、例よりはひきつくろひて書きて、移ろひたる菊にさしたり。（新編全集100頁）

となっているからである。「あかつきがた」に兼家がやってきた（戻ってきた）のだから、これはどう考えても男が通ってくる時間ではあるまい。という以上に、この頃兼家は昼間道綱母の邸にいて、宵になると誰か別の愛人（町の小路の女？）のところへ通っており、やや変則の朝帰りと見ておきたい。というのも、まったく通って来ない（寄りついていない）というわけではないからである（女ではなく母的存在になった？）。それはさておき「あかつきがた」ということで、道綱母は夫が女のところからの帰りだと推察したようだ。これも暁の歌に加えることができる。おそらく単なる後朝の歌は、もはや陳腐になったのであろう。

いわゆる一夫多妻制において、自分が一人寝（独り寝）をするということは、夫が誰か別の女のところにいるということである。それは後宮における寵愛争いにも似ているし、女三の宮降嫁後の紫の上の心情にも通底している。(11) いずれにしても男女における「あかつきがた」という時間帯の重要性というか複雑さには留意したい。

## 五、日付変更時点を知る方法

最後に百人一首からは離れるが、「暁」に関する別の側面にも触れておこう。午前三時が日付変更時点であるとすると、それを過ぎると日付が翌日（明日）に変わることになる。ところがあたりは真っ暗であるし、寅の刻になったことがはっきりわからないこともあって、日記に書く場合に「暁」を前日の夜の延長として認識するか、あるいは暦日に則って明確に翌日と見なすかというややこしい解釈の揺れが生じている。

これが明確にできれば問題にはならないのだが、例えば『古今集』の七夕歌など、

七日の夜の暁によめる　源宗于朝臣

・今はとて別るる時は天の河渡らぬさきに袖ぞひちぬる　（一八二番）

とあって、「夜の暁」という奇妙な表現になっている。これなど暁（翌日つまり八日）になっているにもかかわらず、「七日（七夕）の夜」の延長として認識しているのであろう。ところが面白いことに、これを『宗于集』で見ると、詞書に「七月八日、あかつきによめる」とあって、こちらではちゃんと日付が「八日の暁」となっている。

これは単純な誤写などではなく、同じ暁を前日の七日の延長と見るか、それとも翌日の八日とするかという心情的な揺れが反映してのことと思われる。しかもその日は七夕だったので、前日の「七日」へのこだわりが強かったのである。

同様の揺れは、『源氏物語』御法巻における紫の上の死去・葬送場面にも認められる。

十四日に亡せたまひて、これは十五日の暁なりけり。（新編全集511頁）

ここでいう「十五日の暁」が十五日の未明（十四日の夜の延長）なのか、それとも十六日の未明（十五日の夜の延長）なのか、判断が分かれるところである。[12] それは紫の上が亡くなったのが十四日の未明なのか、十五日の未明なのかが明確にされていないからでもある。その前の記述に、

御物の怪と疑ひたまひて夜一夜さまざまのことを尽くさせたまへど、かひもなく、明けはつるほどに消えはてたまひぬ。（506頁）

とある。「明けはつ」と「消えはつ」が対句になっている。これを見ると十三日の夜一晩中祈禱をさせたが、日付変更時点を越えた翌十四日の「暁」（真っ暗な時間帯）に亡くなったと読める。それは「明けぐれの夢」（同頁）の時間帯とも連続していた。その後、「ほのぼのと明けゆく」（509頁）「暁」の後半に至り、その時点が経過して「やがて、その日、とかくをさめたてまつる」（510頁）とあるのだから、葬儀はちょうど一日後の「十五日の暁」（十四日の夜の延長）に営まれたことになろう。

「暁」を前夜の延長と見るのか、それとも日付変更時点を越えた翌日とするのかといった解釈の複雑さには伏線があった。それは「こよひ」に関する定義が二重構造になっているからである。試みに小学館「古語大辞典」で「こよひ」を見ると、

1今夜。今晩　2夜が明けて後、昨夜をいう語。昨夜。昨晩。

と記されていた。「夜が明けて後」というのはいささかわかりにくい。「こよひ」は今夜だけでなく、昨夜の意味でも用いられるというわけである。もちろん二日にまたがっているのではなく、日付変更時点以前は普通に「今夜」であるが、日付変更時点を越えると、それ以前を「昨夜」と称するからである。同じ時間帯であっても、どの時点で把握するかによって解釈が異なってくるのである。[13] これは前述の七夕にもあてはまる。

たとえば『和泉式部日記』の、

五月五日になりぬ。雨なほやまず。一日の御返りのつねよりもの思ひたるさまなりしを、あはれとおぼし出でて、いたう降り明かしたるつとめて、「今宵の雨の音は、おどろおどろしかりつるを」などのたまはせたれば、　（29頁）

は、「つとめて」の時点における「今宵」であるから、その日の「今夜」ではなく「昨夜」と解釈せざるをえないことになる。また『後拾遺集』の、

物思ひけるころ、時雨いたく降り侍りけるあした、こよひの時雨はなど人のおとづれて侍りければよめる　少将井尼

・人知れず落つる涙の音をせば夜半の時雨に劣らざらまし　（八九六番）

にしても、詞書の「こよひの時雨」と歌の「夜半の時雨」が対応している。これを「あした」（翌朝）の時点から見るわけだから、ここも「昨夜」と解するのがよさそうである。日付の認

定には、こういったやっかいな問題を孕んでいたのである。

## 六、まとめ

以上、百人一首の「暁」を起点にして、「暁」の内包している時間的な問題を総合的に検討してみた。

「暁」は午前三時から五時までの時間帯であるが、その始まりは①日付変更時点であること、また②暁は男女が別れる時間帯（暁の別れ・後朝の別れ）でもあること、③「暁」は「しののめ・あさぼらけ・あけぼの」などと微妙に重なっていること、④「明く」を安易に夜が明けるとだけ解するのは危険であること、⑤「暁」の到来は視覚ではなく聴覚情報で察知していること、また⑥視覚的な「有明の月」が象徴的に描かれていること、⑦だからこそ薄明るいという解釈がまかり通っていたことなど、さまざまな問題点を指摘してみた。

平安時代の時間の概念をきちんと整理・把握することは、古典を正確に理解する上で重要であることを、あらためて再確認した次第である。ここまでくると百人一首以外の「暁」も、徹底的な再検討が必要ではないだろうか(14)。そうでないと誤読していることにすら気付かないままになっている恐れがある。末尾ながら「暁」の重要性を指摘して下さった小林氏の学恩に心から感謝したい。

## 注

（1）小林賢章氏「アリアケ考」『アカツキの研究』（和泉書院）平成15年2月。もちろん暁以前から出ている月もあれば、夜明けを過ぎて出ている月もあるが、暁に出ている月の用例が最も多い。
（2）小林賢章氏「アカツキとヨハ」『アカツキの研究』（和泉書院）平成15年2月、同『「暁」の謎を解く平安人の時間表現』（角川選書）平成25年3月参照。本論は小林氏の御研究から多大の恩恵を蒙っている。なお一歩踏み込んで「ぬる」を完了ではなく確述と取れば、「明けてしまいそう」という解釈でも通用しそうである。
（3）小林賢章氏「「夜をこめて」考」同志社女子大学学術研究年報62・平成23年12月参照。ただし「一晩中」だと、鶏の鳴き真似を継続的に繰り返さなければならないことになる。しかも鶏鳴は男が帰る時刻を示すものであって、男女が逢う際の小道具ではないので、その点についての検討が必要であろう。吉海直人「時間表現「夜をこめて」の再検討―小林論への疑問を起点にして―」日本文学論究79・令和2年3月参照。
（4）「夏の夜は」歌を掲載する『新撰和歌』一五九番では、歌の五句目が「月隠るらむ」となっている。
（5）細田恵子氏「八代集のありあけのイメージ」文学史研究15・昭和49年7月参照。細田氏は八代集において「暁」と「有明け」がもっとも関連していることを実証されている。ただし「暁」を夜明けのイメージでとらえている点には従えない。

（6）『和泉式部日記』を見ると、これは「九月二十日あまりばかりの有明の月」（47頁）と始まっている。実は三条西家本のみ「九月二十日」となっており、他本はほぼ「九月十日」になっている。本来なら「十日」本文の方が優勢なはずであるが、「有明の月」との整合性を考慮して「二十日」本文が採用されたらしい。ところがこの箇所で詠まれた「秋の夜の有明の月の入るまでにやすらひかねて帰りにしかな」（48頁）歌は『新古今集』一一六九番に収録されている。その詞書には「九月十日あまり」とあるので、「十日あまり」となっている『和泉式部日記』本文から引用したことがわかる。これに関して小林氏は「十日あまり」の本文を正しいとされた上で、月が沈む時間を考慮すると、十二、三日がふさわしいとされている。仮に二十日過ぎだと、月はお昼近くまで沈まないで残っているので、歌の「月の入る」とは整合しないことになるからである。常識的な「暁」の「有明の月」ではなく、暦法的な「月の入り」の時間からの提案は、もっと真摯に検討・評価されるべきであろう。なお佐藤和喜氏「和泉式部日記の表現」『平安和歌文学表現論』（有精堂）平成5年2月参照。

（7）百人一首にある後朝の歌として、他に「あひ見ての」（四三番）・「君がため」（五〇番）もあげられる。原則として後朝の別れは暁に行われるので、これらも暁の歌に含むことができる。

（8）別に徳原茂実氏「吉野の山にふれる白雪」『古今和歌集の遠景』（和泉書院）平成7年4月の解釈もある。

（9）小林氏も「「アサボラケ」考」同志社女子大学学術研究年報63・平成24年12月において、「朝ぼらけ」は「暁」と重なる暗い時間帯であると修正されている。

（10）百人一首においては、他に「夜ぞ更けにける」（六番）と「さ夜更けて」（九四番）もある。「さ夜更く」の時間帯は、子・丑の刻（寅の刻の前）をさす例が多い。

（11）吉海直人『源氏物語「後朝の別れ」を読む』（笠間書院）平成28年12月、同「教室の内外（2）」同志社女子大学日本語日本文学23・平成23年6月参照。

（12）高田信敬氏「紫の上葬送」『源氏物語考証稿』（武蔵野書院）平成22年5月参照。なお室田知香氏「『源氏物語』第二部後半の『竹取物語』受容」中古文学85・平成22年6月でもこのことに言及されている。紫の上を満月の夜に死なせたいという願望も反映しているようである。

（13）「今夜」のみならず「昨夜」「昨晩」においても同様の時差が生じていた。小林賢章氏「コヨヒ考」『アカツキの研究』和泉書院・平成15年2月参照。

（14）吉海直人「『源氏物語』の「時奏」を読む」國學院雑誌121―5・令和2年5月15日、同「平安文学における時間表現考―暁・朝ぼらけ・あけぼの・しののめ―」古代文学研究第二次27・平成30年10月19日参照。

## 追記

用例の追加をしておきたい。

・春の夜の夢ばかりなる手枕にかひなくたたむ名こそ惜しけれ　（六七番）

の詞書に「人々あまたゐあかし（居明し）て」とあるので、これも寝ないで暁を迎えた歌になる。もう一首、

・淡路島通ふ千鳥の鳴く声に幾夜寝ざめぬ須磨の関守　（七八番）

が、『源氏物語』須磨巻の源氏の歌「友千鳥もろ声に鳴く暁は独り寝覚めの床も頼もし」を踏まえているとすると、やはり暁の歌になる。これを本歌取りした藤原定家の「旅寝する夢路は絶えぬ須磨の関通ふ千鳥の暁の声」も暁の歌になっている。

この二首を「暁」の用例に加えることができそうだ。

# 第十二章　紀友則歌（三三番）の「久方の」は「光」にかかる枕詞か？

久方の光のどけき春の日に静心なく花の散るらむ

## 一、問題提起

紀友則の詠んだ、

久方の光のどけき春の日に静心なく花の散るらむ　（三三番）

歌は、桜の本質を見抜いた歌として古来有名であり、百人一首の中でも知名度の高い名歌の一つに数えられている。歌の詠み振りも平明であり、そのためこれまで解釈に何の問題もないと思われてきたようである。(1)

ところが私は、最初の「久方の」からひっかかってしまった。それは多くの百人一首解説本において、「久方の」が「光」にかかる枕詞とされている点である。何を馬鹿なことをとお叱りを受けそうだが、常識を疑うというか、きちんと調べてみるというのが私の百人一首研究の姿勢なので、気になったことは徹底的に調べてみることにしている。本論でも常識にとらわれることなく、「久方の」の用例を再検討してみたい。

## 二、従来の説明

まず参考のために、小学館『古語大辞典』で「久方の」を調べてみたところ、天に関係のある、「天」「雨」「空」「月」「星」「日」「昼」「光」などにかかる。

とあって、末尾ではあるが「「光」などにかかる」と説明されていた。辞書にあるのだから既に通説になっていると言える。次に視点を変えて、専門的な『歌ことば歌枕大辞典』（角川書店）にあたってみると、

A枕詞。天・雨・月・空・雲・日・光などに掛かる。

とほぼ同様の説明になっていた。別の箇所では「天空に関連する語に幅広く接続する」とも総括されており、これで納得される人も少なくあるまい。となると私の疑問は、最初から的外れだったことになりそうだ。

念のために片桐洋一氏『歌枕歌ことば辞典』（笠間書院）で「久方の」項目を見たところ、そこに「光にかかる」という説明は一切なく、そのため友則歌も引用されていなかった。まだ諦めるには早すぎるようだ。

では肝心の百人一首の注釈書はどうなっているのだろうか。そこで市販されている百人一首の解説本を何冊か調べてみた。たとえば手元にあった犬養廉氏『小倉百人一首』（創英社）には、

天・空・光などにかかる枕詞

と出ていた。これが従来の代表的・典型的な語釈であろう。そこでもう少し詳しい注釈書にあたってみることにした。

いつも参照している石田吉貞氏『百人一首評解』（有精堂）を見ると、

B天・空の枕詞。転じて空に関係する、日・月・雨・雲・夜・都等にかかる。ここは「久かたの日の光」の意。

と、ややもって回った説明が施されているではないか。先の『歌ことば歌枕大辞典』との違いはというと、Aではすんなり「光などにかかる」枕詞とあるのに対して、Bではその説明がない点にある。しかしながらこれは、決して説明の不備ではなさそうだ。石田氏が「光にかかる」とせずにあえて「日の光」とした理由は、実はきわめて簡単な理由からであった。というのも、実際に「久方の」が「光」にかかっている古歌が、たった一例しか見出せないからである。

## 三、用例の稀少さ

そもそも枕詞というのは約束事であり、「久方の」が「光」を導いている歌が古歌に何首か詠まれていて初めて成立する。ところが「久方の光」という表現は、この友則歌が初出であり、『万葉集』にも勅撰三代集にもこれ以外の例は見当たらない。そうなるとたった一首の例をもって、これを「枕詞」と認定すること自体に問題があることにならないだろうか。少なくとも友則歌が詠まれた時点では、枕詞とは認識されなかったはずである。むしろ斬新な表現だった。

どうやら従来の多くの百人一首本は、そういった用例検索をきちんと行わず、他の本の説明をそのまま踏襲（孫引き）して、安直に「光にかかる枕詞」として済ませていたように思えてならない。そこに私の恐れる常識の嘘というか、常識の落とし穴が存するのではないだろうか。もちろん、そういったことをきちんと踏まえているものもある。たとえば安東次男氏『百人一首』（新潮文庫）では、わざわざ、

「光」の枕詞としたものはこの歌が初見。

と非常に良心的なコメントが施されていた。「初見」なのに枕詞とするのは納得できかねるが、察するに友則歌が詠まれて以降、次第に用例が増加して、後世において枕詞として確立したという流れを想定しているのであろう。その通りかもしれないが、だからといって、友則歌が詠まれた時点まで遡って枕詞とするのはいかがであろうか。私が気にしているのはそのことなのである。

前述の石田吉貞氏など、「光」にかかる用例がないことをご存知だったに違いない。だからこそあえて「日の光」にかかる枕詞と説明されたのであろう。それを受けてか、鈴木日出男氏『百人一首』（ちくま文庫）では、

「日の光」とあるべきところを略して、単に「光」とした。

とより具体的に説明している。本来「日の光」とあるべきところ、「日の」を省略して「光」としているというのである（省略説）。なるほどこれなら説明としてわかりやすい。問題は、

果たしてそんな枕詞の用法が他にもあるかどうかである。それともこの歌だけ特例としていいのだろうか。

なおこの歌の三句目に「春の日」とあるので、やや離れてはいるが、ここにかかると説明することもできなくはない。ただしこの「春の日」は春の一日ということであるから、「日の光」とは意味が異なっている。そこで無理に枕詞に拘泥しない説も登場している。たとえば上坂信男氏『百人一首・耽美の空間』（右文選書）では、

ここでは「久かた」すなわち「空」の意味で使っている。

と「空」説を提唱されている。そうすると「空の光」ということになる。これも問題解決の一解答であろう（ただし何故かほとんど支持されていない）。

こうして、問題など存在しないと思われていた友則歌にも、案外やっかいな問題が存していたことが明らかになってきた。

## 四、同音の「ひ」を導く

続いて、石田・鈴木氏が提案されている「日」にかかる枕詞ということについて、いささか私見を述べてみたい。一見すると非常にうまい説明のように思えるのだが、実はこの説にも「光」同様の欠点というか問題が横たわっていた。というのも「久方の」が「日（の光）」にか

かった例もほとんど見当たらないからである。わずかに、

久方の日照るかたにも冬の野はしみこそ増され色は見えずて　（賀茂保憲女集一一九番）

があげられるが、これは『古今集』よりかなり後の歌である。しかも勅撰集の歌でもないのだから、積極的に「日」にかかる枕詞とする根拠にはなりそうもない。

それ以外に何か見逃していないか調べてみたところ、「久方の」のもう一つの用例が見つかった。というのも『古今集』には、

久方の昼夜わかず仕ふとて　（一〇〇二番紀貫之）

という長歌があったからである。ここでは「昼」にかかっているわけだが、それに関して前述の『歌ことば歌枕大辞典』には、

「日」や、「日」と同音を含むところから〈中略〉「昼」に続くもの、あるいは〈中略〉「光」に掛かる用法などが派生した。　（杉田昌彦氏執筆）

という注目すべき説明がなされていた。ただしこれでは歌の詠まれた順番が逆であり、むしろ「光」→「昼」→「日」に修正すべきであろう。

しかも「昼夜」が紀貫之の歌であることを重視すると、友則・貫之という『古今集』の撰者二人（従兄弟）で、「久方の」という枕詞のバリエーションを創作・拡大していると説明することもできそうである。それが後世に影響したのか、『源氏物語』には、

久方の光に近き名のみして朝夕露も晴れぬ山里　（源氏物語松風巻）

と詠まれている。もちろんこれは『古今集』所収の、

久方の中に生ひたる里なれば光をのみぞ頼むべらなる　（九六八番伊勢）

を踏まえたものである。ただし伊勢の歌の「久方の」は「光」にかかる枕詞としての用法ではなく、それ自体が「月」の意味で用いられている。そのことは桑田明氏『義趣討議小倉百人一首』（風間書店）でも、伊勢歌・源氏物語歌及び、

久方の光のどかに桜花散らでぞ匂ふ春の山風　（新後撰集八十番家隆）

の三首を提示された上で、

「久方の」自体で「久方の月＝月」（第一・二例）や「久方の日＝太陽」（第三例）を意味する。

と分析しておられる。桑田氏も前述の上坂氏同様、「久方の」を枕詞とせず、それ自体で月や太陽を意味する語としておられることになる。これに関しては前述の『歌ことば歌枕大辞典』でも、

「ひさかた」という言葉の中にそれぞれ「日」「天」「月」という意が暗に込められて使用されていることが考えられ、枕詞としての用法であるかどうかは微妙である。

と慎重なコメントも施されていた。なるほど伊勢の歌はその通りなのだが、「久方の光」とあ

る源氏物語歌や家隆歌は、「光」にかかる枕詞と見たいところである。

視点を変えて考えると、有名な友則歌は後世に至り、前述の家隆歌の他にも、

幾秋もなほすみまされ久方の光のどけき雲の上の月　（新千載集三九八番藤原内実）

と本歌取りされている。こういった例が存することによって、次第に「光にかかる枕詞」として認知されているのではないだろうか。それでもわずか二首では用例の広がりとして少ないので、あくまで本歌取りの範疇として考えるべきかもしれない。

## 五、まとめ

以上、本稿では徹底的に用例を検索することによって、「久方の」を「光にかかる枕詞」とする従来の説明の不備を指摘してみた。私のもう一つの研究の視点は、百人一首の表現は必ずしも伝統的なものではなく、むしろ初出・非伝統的表現であることが多いということを明らかにすることである。(2) そこに定家の主張があると考えたい。

今回も「久方の光」は友則が発明したものであり、それ以前に用例がない新表現（非歌語）であることが明らかになった。その友則歌の表現に従兄弟の紀貫之が同調して、「久方の昼夜」と歌ったことも看過できない。少なくともこの問題は、紀友則・紀貫之という二人の歌から生じていると見て間違いなさそうだからである。

ここであらためて総合的に考えると、「光」「昼」「日」の共通点は、すべて「ひ」音から始まっていることである。そうなると「久方の」は、前述の『歌ことば歌枕大辞典』の説明を援用すると、同音の「ひ」を導く枕詞として使用例が多少なりとも拡大できることになる。(3)

その傾向は後世において、

千年まで君のみぞ見む久方の久しかるべき秋の夜の月　（成通集四六番）

久方の日かげになびく葵草天照る神はわかじとぞ思ふ　（俊成祇園百首）

久方の日かげのかづら手にかけて心の色を誰にみせまし　（続後拾遺集六六七番後鳥羽院）

とさらに用法が広がり、「久し」や「日陰」にまで用いられている。

こうなると従来の「光」にかかる枕詞という説明は、枕詞としないで修飾語とするか、さもなければ「ひ」音を有する「光・昼・日」などに掛かる枕詞という説明に修正・改訂すべきではないだろうか。少なくともその方が説明として合理的であろう。

**注**

（1）唯一、末尾の「らむ」の用法をめぐって、「など」の不在などが長く議論されている。先行論文としては以下のようなものがあげられる。
①馬淵和男氏「しづ心なく花の散るらむ」平安文学研究16・昭和29年12月

②宮坂和江氏「しづ心なく花の散るらむ」解釈1―5・昭和30年9月
③宮田和一郎氏「しづ心なくの歌について」解釈1―7・昭和30年11月
④手島靖生氏『しづ心なく』考―古典の解釈における感情語彙の重要性―」福岡学芸大学紀要第一部11・昭和37年2月
⑤種友明氏「「静心なく花の散るらむ」の類歌について」『国語学論叢』（桜楓社）昭和52年10月
⑥佐伯梅友氏「しづ心なく花の散るらむ」古文研究でなおし1・昭和52年12月
⑦堀口和吉氏「「しづ心なく花の散るらむ」考」山辺道30・昭和61年3月
⑧山口尭二氏「喚体性の文における疑念の含意―「しづ心なく花のちるらん」の基底―」国語国文57―2・昭和63年2月
⑨鈴木義和氏「「しづ心なく花のちるらむ」型の文について」『古今和歌集連環』（和泉書院）平成元年3月
⑩山田潔氏「「しづ心なく花のちるらむ」考」國學院雑誌94―4・平成5年4月
⑪山田潔氏「授業に役立つ古文解釈のヒント1「しづ心なく花のちるらむ」―「いぶかしさ・驚き」の「らむ」―」月刊国語教育23―1・平成15年4月
⑫斧谷弥守一氏「「静心なく花の散るらむ」命の桜」甲南大学紀要文学部編137・平成16年
⑬小高道子氏「古今伝授の講釈と聞書―「しづ心なく花のちるらむ」の「裏の説」をめぐって―」世界思想35・平成20年4月

（2）　非伝統的表現については、吉海直人『百人一首を読み直す―非伝統的表現に注目して―』（新典社選書）で論じている。

（3）　桑田明氏『義趣討究小倉百人一首釈賞』（風間書房）昭和54年2月でも、紀貫之歌について「「久方の」は単に「ひ」の音節（「日」から転じたもの）に係る枕詞として使われている。」と述べておられる。

# 第十三章　清原元輔歌（四二番）の「末の松山」再検討

―東北の大津波を契機として―

契りきなかたみに袖をしぼりつつ末の松山波越さじとは

## 一、予言めいた河野論（問題提起）

雑誌「国文学」(52―16) では、平成19年12月に「百人一首のなぞ」という特集が組まれている。久しぶりの百人一首特集であった。「なぞ」という表現には不満もあったが、私も依頼を受けて「百人一首かるたの謎」というテーマで執筆させていただいた。その特集の中に、「歌枕「末の松山」と海底考古学」という論文が掲載されていることを、雑誌刊行後に初めて知った。担当された河野幸夫氏は水理学専門の理系の研究者ということで、正直なところ百人一首の特集からはちょっと浮いているな、という失礼な感想を抱いたことを覚えている。

それから約三年後の平成23年3月11日、ご承知のように東北で大地震による大津波が発生した。その地震の規模が、なんと今から約一一五〇年ほど前の貞観十一年（八六九年）に東北で起こった大地震とほぼ同じということで、あらためて「末の松山」のことがＮＨＫや新聞雑誌に取り上げられ、和歌文学の世界でも話題になったことは記憶に新しい。私も、

契りきなかたみに袖をしぼりつつ末の松山波越さじとは　(四二番)

歌との関係について日経新聞から電話取材を受けた。

その時私は、河野氏の論文があったことをふと思い出した。その時になって、まるで近未来の大地震を予知しているかのようなテーマだったことに驚愕した。慌てて雑誌を手に取り、再

度詳しく読み直してみた次第である。

## 二、海底考古学とは

タイトルに「海底考古学」とあるように、論の半分は海底遺跡等の具体的な考古学的調査に基づいて、そこから貞観地震の規模をマグニチュード8.2〜8.3と推測されている。これは純粋に理系の研究成果として尊重したい。というより、そのことに関しては無知で何もコメントできない。震源地の違いによって津波の大きさが相違するだろう、くらいの疑問を抱いたにすぎない。

それにとどまらず、河野氏は百人一首の特集記事ということを配慮された上で、サービス精神からか、

宮城県多賀市・七ヶ浜町の真ん前に広がる太平洋に、平安初期に大地震が発生した、と考えられる。そして、大津波が山々を越えて逆流した。そのときの情景が「末の松山」を浪が越えるという和歌の表現に、〈記憶〉として眠っているのではないか、と考える。

と文学的なコメントまでされている。河野氏がこちらの領域に踏み込まれた以上、この興味深い説に反応しないわけにはいくまい。

そもそも「末の松山」は、平安貴族が都で生み出した歌枕（幻想）であるから、その具体的

な所在地を確定することは困難であるばかりか、都人の視点としては無意味な作業でもあった。場所の特定は、下って江戸時代以降の時代考証趣味に基づく観光視点の産物であろう。となると純粋な和歌の研究というより、名所記作成のための商業的な歌枕研究という側面を有することになりかねない。

そのためもあって、現在四ヶ所（多賀市・石巻市・二戸市・いわき市）にその比定地があるが、どれも後世に作られた新名所といわざるをえないものばかりである。(1) 四ヶ所もあるということ自体、一ヶ所に決められない（どこでもいい）ということの裏返しでもあろうし、また各自治体の綱引き合戦でもあろう。河野氏はそれを十分承知の上で、(2) あくまで仮説として、芭蕉も訪れている多賀市八幡の宝国寺の裏山を「末の松山」に比定しておられるのだ。それはそれで許容される。

私がこだわりたいのは、河野氏が「大津波の記憶が「末の松山」の中に眠っている」と述べられている点である。そこで問題の歌をあらためて詳しく検討してみたい。まず「末の松山」の初出は、『古今集』（九〇五年）の東歌（陸奥歌）、

君をおきてあだし心を我が持たば末の松山波も越えなむ　（一〇九三番）

である。この地名が『万葉集』には詠まれていないことを確認しておきたい（「あだし」は東北方言か?）。

なお「東歌」とは、文字通り東国の風俗歌などを、平安朝貴族の和歌として取り入れる際に名づけた用語である。そこに「陸奥歌」と限定されている以上、「末の松山」は陸奥の地名でなければならないことになる。本来、「目印の松」などどこにでもあったはずだが、これによって特定（固有名詞化）されることになった（今回の津波では陸前高田市の「一本松」が有名になった）。

ついでながら、この歌を『古今集』に採用するにあたって、貴族好みのフィルターにかけられ、アレンジ（加工）されている可能性が高いことにも留意しておきたい。だからそこに生（写実）の陸奥は最初から存在しないことになる。

それを踏まえて、この歌の解釈を考えてみたい。一般的に、「波」は「末の松山」を越えないことが前提条件になっているようである。ありえないことだからこそ、愛の誓いの喩たりうるわけである。そのことは仮名序に「あるは、松山の浪をかけ」とあることからも察せられる。仮に貞観の大津波で「末の松山」を波が越えたとしたら、その瞬間に誓いそのものが成り立たなくなる。だからこそ河野氏は、大津波が「末の松山」を越えたと仮定され、逆に〈愛の約束を破る〉記号として機能しているとされているのだ(3)。これは非常に興味深い見解である。

実のところ「海底考古学」の成果によって、地震や津波の規模が判明できたとしても、だからといってそこから「末の松山」を波が越えたと断定することにはかなり飛躍がある。それは必ずしも「海底考古学」の成果や資料によって導き出された答えではないからである。その論理の飛躍にこそ、河野論の面白さと危険性が同居しているのではないだろうか。

## 三、国文学者のすばやい反応

それはさておき、東北大震災の後、国文学の世界において私が把握している限り、以下の三本が「末の松山」について相次いで発表されている。国文学研究者といえども、大地震や原発事故に無関心ではないことの表明であろう。

1山本啓介氏「「末の松山」を波は越えたのか」日本文学60―8・平成23年8月
2徳原茂実氏「末の松山を越す波」武庫川国文75・平成23年11月
3小林一彦氏「末の松山波もこえなむ―東日本大震災と方丈記・源氏物語・そして古今和歌集―」芸文研究101―1・平成23年12月

真っ先に「日本文学」が取り上げているのは、日本文学協会の方針が反映されてのことであろう。山本氏は前掲の河野論を引用されつつ、

①津波は末の松山付近に迫ったが、越えることはなかった。
②当地の人々は、大津波が越えなかった場所として、末の松山を強く記憶し、やがて、もし相手を裏切ったならば、今度はあの末の松山さえも波が越えるという誓いの歌謡が生まれた。

③この歌謡が整えられ、都に伝わる間に、当初の津波の記憶は失われた。

と河野氏とは反対に、貞観地震の折も波は越えなかったことを論じられている。全般的に妥当な見解と思われるが、波が越えなかったにもかかわらず、そこから裏切りの可能性を読み取るという展開が理解しにくい。また都への伝播の過程で記憶が失われるというのも、説明としては曖昧ではないだろうか。

続く徳原氏も河野論を引用され(4)、「末の松山」の背後に大津波の記憶が秘められていることは認めながらも、貞観地震の後に「君をおきて」歌が詠まれたのではなく、

「君をおきて…」の一首の背景となった大津波は、貞観十一年のそれよりも数十年、あるいは百年、あるいはそれ以上の年月を遡ったころ、陸奥国を襲った大津波ではなかっただろうか。

と私見を述べられている。その上で、

その背景をなした大津波の記憶は、貞観十一年当時の陸奥国の人々にとって、実感をともなわない過去の事実にすぎなかったであろう。

とも論じられている。時間の経過によって記憶が風化するわけだが、だからこそ民謡として定着するのであろう。

要するに徳原氏は、「君をおきて」歌は、貞観の大津波を受けて詠まれたものではなく、もっ

と古い時代の津波によって成立したと主張しておられる。「君をおきて」歌が貞観十一年以前に詠まれていた可能性が存するのであれば、傾聴に値する見解である。ただし繰り返される大津波といっても、貞観地震の規模に匹敵するものが過去のどの時点で起きたとするのか、その点の根拠が不十分ではないだろうか。

三番目の小林氏は河野論を引用されていないものの、多賀市宝国寺の裏山を「末の松山」と特定され、さらに現地調査（見学）を行われた上で、

現在も、末の松山はどこからでも見えるランドマークです。とにかく、あそこに逃げれば助かる、いや助かった、という往時の人々の忘れ得ぬ体験が、けっして波が越えることはない、という歌枕「末の松山」を生み、あの『古今和歌集』の「みちのくうた」になったと思われてくるのです。

と実証風に述べておられる。(5) その上で、今回の大津波も宝国寺まで押し寄せたものの、「末の松山」を越えることはなかったとのことである。宝国寺を出すのであれば、河野論の引用は不可欠だと思われるが、小林氏は最新の島崎邦彦氏「超巨大地震、貞観の地震と長期評価」（科学・平成23年5月）を紹介されている。いずれにしても宝国寺を波が越えなかったことが決め手となって、予定調和的に宝国寺が歌枕「末の松山」にもっともふさわしい（あらまほしき）場所と認定されている。その際、海岸線が昔とかなり異なっていること、津波に対する防波堤

の有無などは配慮されていないようである。

繰り返すことになるが、歌枕というのは都人の幻想的なイメージのはずである。だから陸奥歌に内包された津波の記憶は、都人にとっては無用のものである。それが歌枕化されるのであれば、もはや現地とは視点が異なっているに違いない。そういった観念的な歌枕を、現代に発生した大津波から歴史を遡って考証するというのは、研究としていささか乱暴ではないだろうか（現地調査の有効性にも疑問が残る）。和歌文学における歌枕視点と、現地における「末の松山」の存在意義を混線させてはなるまい。

## 四、研究の問題点整理

ここで問題をあらためて整理してみたい。東日本大震災の影響（印象）があまりにも大きかったものだから、「君をおきて」歌の解釈がかえって感傷的にゆがめられたとしたら、研究としてはマイナスだと思うからである。

東歌の「末の松山」に、大津波の記憶が秘められていると見ることに異論はなさそうだ。私は恋の誓いと津波の恐怖はミスマッチだと思うのだが、それはさておき津波の記憶を前提にして、第一の問題は貞観地震の際に大津波が「末の松山」を越えたかどうかという点である。河野氏は越えたとされているが、他の国文学者三人は越えなかったとされている。この大きな違いは東歌の解釈から生じるのであろうか。それとも研究分野の違いから来るのであろうか。あるいは単なる心情の産物であろうか。

もともと「末の松山」は、海岸からそれなりに内陸に入ったところに位置していたはずである。仮に『能因坤元儀』にあるように、「元の松」「中の松」「末の松山」と三段階になっていたとすると、海岸からもっとも離れたところにあるのが「末の松」ということになる。それを踏まえて片桐洋一氏は、「海からずいぶん離れていて浪が越すこともあり得ないような所だったから、このような譬喩がなされたと見るべきであろう」としておられる（『古今和歌集全註釈（下）』666頁）。その説明でもいいのだが、できれば境界線というかぎりぎりのところの方が面白い。その意味でも宝国寺は、もっとも妥当な場所に特定されているようだ。だからといってそれを正解とするのもためらわれる。

では遡って貞観地震の折はどうだったのだろうか。仮に今回同様、大津波が手前で止まったとしたら、「末の松山」はまさに絶対に変わらない愛の表象（比喩）として機能することになる。そうではなく、大津波が「末の松山」を越えていたとしたら、それこそ河野氏の言われるように、愛の誓いを破るコードとして意識されてもかまわないことになる。どちらにも津波の記憶はあるわけだが、越えたか越えないかによって、そのイメージが大きく異なることになる。果たしてどちらがふさわしいのだろうか。

東北復興のエールという意味では、大津波が「末の松山」を越えない方がいいに決まっている。だが復興支援という大義名分はそれとして、研究者は感情に押し流されてはなるまい。冷静に判断すれば、どちらかに決定するだけの情報が揃っていないことに思い至ることになる。波が越えたとすることも、反対に越えないとすることも、あくまで仮説でしかないのだ。

もっとも河野氏の論は、大津波発生以前に発表されたものである。今回の大津波を目の当りにされて、それでも仮説を変更されないかどうかは伺ってみないとわからない。ここでは修正されていない過去の論文に書かれていることを議論の前提にしている。その点はお断りしておきたい。

二番目の問題は、「君をおきて」歌が詠まれた前提となる大津波が、貞観地震か否かである。これも河野氏は、貞観地震の記憶が「君をおきて」歌に秘められているとされている。その点は山本氏・小林氏も同様だが、それでも山本氏は慎重に、

ただし、この津波を、必ずしも貞観十一年のものとだけ結びつける必要もないかもしれない。

と但し書きされている。それに対して徳原氏は積極的に貞観地震ではなく、時間的にそれ以前の大津波の方がふさわしいとされている。この問題にしても「君をおきて」歌の成立時期がはっきりしない以上、どちらかに決めることはできそうもない。河野氏の調査でも、貞観地震以前

のことは全く問題視されていなかった。もちろん規模の小さい津波であれば、「末の松山」を波が越すことはないであろうから、愛の誓いとすることに何の問題もあるまい。

その上で三番目に、河野氏が「末の松山」を愛の誓いを破るコードとされていることを吟味してみたい。そのためには「君をおきて」歌以外に、「末の松山」を詠み込んだ歌の検討が必要となる。

## 五、歌枕「末の松山」のイメージ

『古今集』には、「末の松山」を詠んだ歌が二首収録されている。もう一首は、

寛平の御時の后宮の歌合の歌　　藤原興風

浦近く降りくる雪は白波の末の松山越すかとぞ見る　（三二六番）

である。これが詞書通り「寛平御時后宮歌合」で詠まれた歌だとすると、成立は八九三年以前となる。興風歌が詠まれたのは、貞観地震以後で間違いあるまい。ただし五句目に「越すかとぞ見る」とある点、実際に波が「末の松山」を越えたわけではなく、積雪を白波に見立て、それが越えたように見えると比喩的に歌っている。これは見立ての歌であり、「末の松山」と積雪を組み合わせたところが面白い。

この歌では、原則として波が越えないことが前提となっていると見たい。そこで問題にすべ

きは、「浦近く」とあることだ。どうやら平安朝貴族の端くれたる興風は、「末の松山」をかなり海辺近くに想定していたらしい。その興風が実際に「末の松山」を見たことがあるかどうかは問うまい[6]。歌合の歌ということで絵画性が重視されているが、それこそ歌枕のイメージであろう。

ただ大津波のことを配慮すると、浦近くにある「末の松山」では、容易に波が越えてしまいそうである。ただし興風歌の「浦近く」歌から、たとえ降り積もる雪が津波の白波を想起させるものであったとしても、過去の大津波の記憶（恐怖）を呼び起こしているとは到底読めそうもない。それはそれとして、興風が「越すかとぞ見る」と詠んだことには留意しておきたい。これが「波が越す」ステップになっている可能性があるからである。

『古今集』では「末の松山」を波が越すことはなかった。ところが『後撰集』になると、歌の様相が一変する。「末の松山」を詠んだ歌が恋部に撰入されているからである。明確に「末の松山」を詠み込んだ歌は、

我が袖は名にたつ末の松山か空より波の越えぬ日はなし　（六八三番土佐）

の一首だけだが、それ以外に「松山」「波越す」など、明らかに「君をおきて」歌を踏まえていると思われるものが、

いつしかと我がまつ山に今はとて越ゆなる波に濡るる袖かな　（五二二番読み人知らず）

松山につらきながらも波越さむことはさすがに悲しきものを　（七五五番時平）
あぢきなくなどか松山波越さむ事をばさらに思ひ離るる　（七五九番時平）
岸もなく潮し満ちなば松山を下にて波は越さむとぞ思ふ　（七六〇番伊勢）
あらたまの年も越えぬる松山の波の心はいかがなるらん　（七八三番元平親王女）
松山の末越す波のえにしあらば君が袖には跡もとまらじ　（九三二番土佐）
松山に波高き音ぞ聞こゆなる我より越ゆる人はあらじを　（一〇二八番守文）

の七首も撰入されている（「末」が削除される傾向にある）。これらはすべて恋歌であり、しかも相手の心変わりによって、悲しみの涙で袖が濡れることを比喩的に詠じている。『古今集』の「君をおきて」歌を意識することで、必然的に恋歌となっているのであろう。それにもかかわらず元歌を反転して、誓いが守られない方に偏る傾向が認められる。こうなると「末の松山」は、もはや絶対ありえないことのシンボルから下落し、愛を誓ったことへの後悔、誓いを破った相手への非難・恨みの象徴に変容していることになる。[7]というより、「末の松山」は不変の愛のイメージとしては定着せず、むしろ心変わりを前提とする誓いとして歌枕化されたのではないだろうか。しかしその波は袖を濡らす程度のものであるから、そこに大津波の恐怖を読み取ることはできそうもない。

　これが後の『源氏物語』にもそのまま継承され、

うらなくも思ひけるかな契りしを松より波はこえじ物とぞ（新編全集明石巻260頁）

波越ゆるころとも知らず末の松待つらんとのみ思ひけるかな（浮舟巻176頁）

などと詠まれている。前の歌は紫の上が源氏から明石の君という愛人の存在を知らされての感慨である。「末の」も「山」も用いられていないが、「君をおきて」歌の引用であることは間違いあるまい。この場合、誓いを破ったのは光源氏ということになる。それに対して後の歌は、薫が浮舟と匂宮との関係を知っていることを、皮肉を交えてほのめかしているものである。となると、誓いを破ったのは浮舟ということになる（浮舟が誓ったかどうかは定かではないが）。また浮舟の場合は、東国（常陸）との関係も込められているかもしれない。いずれにしても「末の松山」の恋歌としてのイメージは、波が越える方向で逆に固定化されていることがわかる。

こういった『後撰集』的な詠み振りは、後の『後拾遺集』にも本歌取り風に継承されている。

越えにける波をば知らで末の松千代までとのみ頼みけるかな（七〇五番能通）

契りきなかたみに袖をしぼりつつ末の松山波越さじとは（七七〇番元輔）

特に元輔の歌は、百人一首にも撰入されている有名なものである。(8) 詞書に「心かはりて侍りける女に人にかはりて」とあるので、誓いを破ったのは女の方だということがわかる。もともと誓いは男女相互のものだから、誓いを破るのが男女どちらかに限られているわけではない。「君をおきて」歌において誓う（裏切る）主体を女性と見れば、この「契りきな」歌を「君をおきて」歌の答歌としても十分通用するのではないだろうか。

こういった詠まれ方から判断すれば、歌枕「末の松山」はかなり広く心変わりの喩としてイメージされていたことがわかる。ここまで来ると、河野氏の言われる「愛の誓いを破るコード」も十分成り立つ。だからといって、歌の中に大津波の記憶（恐怖）は読み取れそうもないのだが、いかがであろうか。

## 六、まとめ

以上のように平安和歌における歌枕「末の松山」は、東歌（現地）としては大津波の記憶を前提として、不変の愛のコード（波は越えない）から出発したかもしれない。しかし「君をおきて」歌が『古今集』を通して平安朝貴族に取り入れられると、必然的に恋歌を豊かにする素材として受け入れられたことがわかる。その過程で本来のありえない喩（波越さじ）としての愛の誓いではなく、むしろ誓いを破った（波越す）相手を恨む恋歌として多用・定着している。

当初、現地では「君をおきて」歌に大津波の記憶が秘められていたとしても、京都ではそういった津波の恐怖の記憶は不要であった。だからこそ無化され、積極的に恋愛遊戯における裏切りのコードとして再構築されていったのではないだろうか(9)。その意味では河野氏の仮説は首肯できそうである。

今回、予期せぬ大津波が起こったことで予知的な河野論が急浮上し、あらためて「末の松山」と大津波の関係を考える機会が与えられた。それによって歌枕の内奥（大津波の記憶の有無）を探る試みが行われたわけだが、それは享受者側の問題と思われる。本稿の結論としては河野論とは異なり、『古今集』あるいは平安人は歌枕「末の松山」の中に大津波の記憶を読み取ってはいない、少なくとも私には大津波の記憶が読み取れない、としたい。やや冷徹な見解かもしれないが、それこそが都人における歌枕というものの本質ではないだろうか。

最後に藤原定家の本歌取り歌をあげておく。

松山と契りし人はつれなくて袖越す波に残る月影　（拾遺愚草三八一五番）

やはり大津波の記憶はなく、美的な歌枕に変貌している。

## 注

（1）窪田空穂氏『古今和歌集評釈下』には金子評釈を引用して、「陸前国桃生郡に、須江という山村がある。海岸を距つる事一里半ばかり。以前陶物造の居た所で、もとは、するといったのを、いつか仮名の違つたのであらう。」（289頁）と記されている。

（2）河野氏自身も、「旧仙台藩内の数ある歌枕遺跡は、すべからく藩主や文人たちが一七世紀に定めたものであって、『古今集』の昔から存在したわけではない」、「だから、「末の松山」は和歌の世界に存在するというべきであって、現実の世界に存在する地名ではない」と述べられている。金沢規雄氏「歌枕意識の変貌とその定着過程―歌枕「末の松山」の運命―」文学54―12・昭和61年12月参照。なお、当地は江戸時代にも同程度の慶長大地震が発生しているとのことである。

（3）高橋良雄氏「末の松山」にも、「末の松山は、浮気心とか心変わりの意をいう歌に詠まれることが多い」（『百人一首100人の歌人』新人物往来社）とされている。また松本真奈美氏「末の松山」でも、「あだし心をもたないという約束が違えられた悲哀を歌う際の、格好の歌枕となった」（『歌ことば歌枕大辞典』角川書店）と述べている。そのことは清輔『和歌初学抄』に「するの松山　なみこゆとよむ」とあり、順徳院『八雲御抄』にも「するのまつ　古今。興風。松山とも。波こゆる」とあることからも察せられる。青柳恵介氏「末の松山――一つの本歌取論」成城文芸82・昭和52年9月、岩崎礼太郎氏「内裏名所百首における「末の松山」の歌をめぐって」日本文学研究21・昭和60年11月参照。

（4）徳原氏も震災発生以前、平成18年7月発行の武庫川女子大学国文学会会誌「会員の広場」49号に「末の松山を越える波」を掲載され、その中で「かつて古代日本の東北地方を襲った大津波についての記憶が伝承され、それが歌の文句に反映したのが『古今集』の「君をおきて」の一首であったと考えても、あながち見当はずれではないように思うのです。」と述べられていた。

（5）小林氏の論文は、平成23年8月31日の講演「東日本大震災と古典―先人は東北の津波をいかに伝えたか―」、さらに平成23年11月1日の講演「鎮魂あこがれの東北―方丈記、源氏物語、そして古今和歌集―」を基にしているとのことである。講演原稿ということで、論文の末尾には「豊かなみちのくの歌々を生んだ、王朝びとあこがれの東北が、一日もはやく復興されることをお祈りしつつ、結びとさせていただきます」という一文が添えられている。

（6）興風は受領として関東近辺の諸国を歴任している。そこから陸奥国へ赴任している可能性、あるいは大津波を体験した可能性も浮上することになる。清水婦久子氏「コラム2末の松山」『源氏物語の巻名と和歌』（和泉書院）平成26年3月、ウェブサイト「奈良で源氏物語」中の「末の松山への誤解」参照。ただし貞観地震の際に興風がどこにいたのか、また当時何歳だったかも特定できないし、陸奥国に赴任したという歴史事実も認められない。仮に近くで地震に遭遇していたとしても、それは五月（夏）のことであるから、和歌の降雪と結びつくものではあるまい。

（7）片桐洋一氏『歌枕歌ことば辞典』（笠間書院）の「するのまつやま」には、「一夫多妻の時代、「君をおきてあだし心をわが持たば」と契ることは、男女の間では最も重要なことであり、また最も日常的なことでもあったからであろう」（233頁）と記されている。無論それが守られるか否かは別問題である。なお片桐氏は『全対訳古今和歌集』では、「女の歌か男の歌かわからない」（431頁）と注されていたが、『古今和歌集全評釈（下）』では、「女から男に言っていると見るべきであろう」（665頁）と女の歌に特定されている。

（8）現在、元輔の「契りきな」の歌碑が設置されているが、それは京都で詠まれたものなので、むしろ東歌「君をおきて」の歌碑の方が地元にはふさわしい。なお元輔の娘である清少納言の『枕草子』十一段「山は」にも「末の松山」が記されている。

（9）右近「忘らるる」（三八番）、儀同三司母「忘れじの」（五四番）も愛を神に誓いながら、誓いの危うさを主題にした歌である。こういった歌い方のパターンの一つとして、「末の松山」の二重性が活用されたのであろう。ただし誓いが破られることから、ただちに大津波の恐怖を読み取ることは困難である。

## 追記

初出論文発後に伊藤守幸氏「平安文学に描かれた天変地異「末の松山」と貞観の大津波」『東日本大震災復興を期して—知の交響』（東京書籍）平成24年8月、並びに松本昭彦氏「「末の松山」考：「波が越す」という措辞をめぐって」三重大学教育学部研究紀要65・平成26年3月が書かれていることを知った。論旨が変わることはないが、参考にできなかったことをお詫びしたい。

# 第十四章　藤原公任「滝の音は」歌（五五番）をめぐって

## ―西行歌からの再検討―

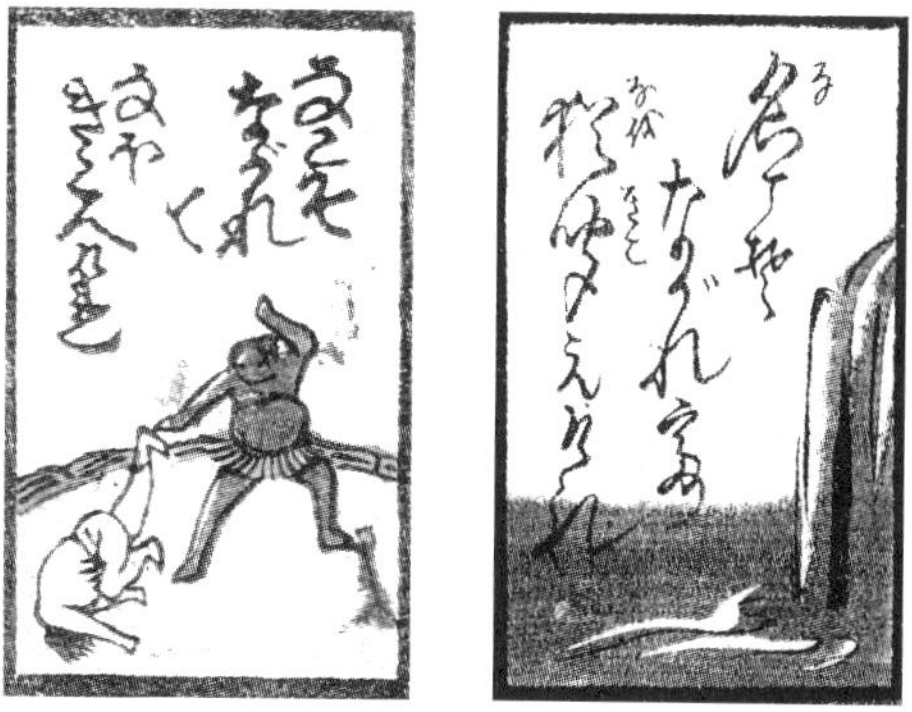

滝の音は絶えて久しくなりぬれど名こそ流れてなを聞こえけれ

## 一、問題提起

藤原公任の、

滝の音は絶えて久しくなりぬれど名こそ流れてなを聞こえけれ　（五五番）

歌をめぐっては、研究が少ないながらも以下のような四つの問題点を提起することができる。

1公任は百人一首に選ばれるほどの歌人かどうか

2それに連動して、公任の代表歌として「滝の音は」がふさわしいかどうか

3「滝の音は」と「滝の糸は」という本文異同をどう考えるか

4それに連動して、出典として『拾遺集』がふさわしいか『千載集』がふさわしいか

最初の1に関しては、歌人としてよりも文化人として知られていることに起因しているのであろう。とはいえ『拾遺集』以下の勅撰集に八十九首も入集していることからすれば、間違いなくベスト百に入る一流歌人ということができる。[1]　2に関しては、他に「春来てぞ」（拾遺集一〇一五番・後十五番歌合）・「紫の」（拾遺集一〇六九番）、「朝まだき」（拾遺集二一〇番）などが代表歌としてあげられており、必ずしも「滝の音は」が代表歌としてふさわしいとはいえそうもない。それどころか「滝の音は」歌については、

5公任撰の『拾遺抄』に入っていない

6藤原俊成の秀歌撰に撰ばれていない
7定家の『八代抄』にも入っていない

というマイナス要素があげられる。もともと百人一首撰入歌は、定家の『八代抄』に撰ばれているいることが原則というか最低条件だった。例外はこの公任歌と道因歌（八二番）のわずか二首だけである。これは看過できない問題であろう。

代表歌として先にあげた「春来てぞ」歌は、『拾遺抄』にあるだけでなく俊成の『古来風体抄』にも撰ばれており、さらに定家の『八代抄』にも掲載されているのだから、本来ならばこの歌が公任の代表歌とされるにふさわしい。それもあって百人一首の秀歌意識を論じる際、例外的な二首の扱いは非常にやっかいなものになっている。要するに2については、簡単には答えの出ない問題ということである。

3は『拾遺集』の撰者である花山院の美意識の問題である。当時は「滝の音」（聴覚）よりも「滝の糸」（視覚）の方が一般的だった。それが『千載集』に至って、あらためて「滝の音」で撰入されたわけである。これは4とも連動するが、少なくとも俊成は「滝の音」を良しとしたことになる。

なお勅撰集の重複については(2)、現在でこそ『拾遺集』が勅撰集として尊重されているが、俊成の時代には『拾遺抄』の方が勅撰集として認識されていた。その『拾遺抄』にこの歌は撰入されていないので、俊成に重複という意識はなかったと思われる。ということで百人一首としては、『千載集』を出典とすべきだと考えている。それにしても公任自身が『拾遺抄』に撰入していないのであるから、百人一首の代表歌というのは、必ずしも自讃歌とは限らないことになる。

こういったやっかいな問題が複数存在することもあって、それ以外の問題はほとんど浮上していないようである。そこで本論では大覚寺の滝殿跡について、西行歌の記述をポイントにして再検討してみたい。

## 二、発掘調査の功罪

まず基礎資料として、花山院撰の『拾遺集』には、

大覚寺に人々あまたまかりたりけるに、ふるき滝を詠み侍りける　右衛門督公任

滝の糸は絶えて久しくなりぬれど名こそ流れてなを聞こえけれ　（四四九番）

と出ている。これは長保元年（九九九年）九月十二日に公任が藤原道長の西山行楽に参加し、嵯峨野を逍遥した折に詠んだ歌である。

それと同じ歌が『千載集』にも、

嵯峨の大覚寺にまかりてこれかれ歌よみ侍りけるによみ侍りける　前大納言公任

滝の音は絶えて久しくなりぬれど名こそ流れてなを聞こえけれ（一〇三五番）

と出ている。同じ歌といったが、初句に「滝の糸は」と「滝の音は」という異同が生じている。幸いにも藤原行成が行楽に同行しており、その折のことを日記『権記』当日条に、

先到大覚寺・滝殿・栖霞観、次丞相騎馬、以下従之、到大堰河畔、式部権大輔依丞相命上和歌題、云、處々尋紅葉、次帰相府馬場、読和歌、初到滝殿、右金吾云、滝音能絶弖久成奴礼東名社流弖猶聞計礼、（史料纂集権記一135頁）

と記述していた。(3)「相府」は道長で、「金吾」が公任のことである。これによれば『拾遺集』の詞書からはわからなかったが、どうやら公任は滝殿の眼前で写実的にこの歌を詠んだのではなかった。大堰川では大江匡衡の出した「處々尋紅葉」題で歌を詠んでおり、帰京した後の宴会の席で「初到滝殿」題でこの歌を詠んだことがわかる。(4)つまり公任自身は滝の流れる音を聞いてもいないし、流れる水も見てはいないことになりそうだ。ところが『拾遺集』『千載集』の詞書では、大覚寺で歌を詠んだことになっている。大覚寺で詠んだか、大覚寺を詠んだかでは大きな違いである。ここに既にずれが生じているのではないだろうか。

大覚寺の滝殿というのは、嵯峨天皇によって造られた人工滝のことだが、『今昔物語集』によれば、百済川成が作庭したものとなっている。(5)それが百人一首の公任歌によって有名になったわけである。

これは大正十一年に「大沢池附名古曽滝跡」として国の名勝の指定を受けている。本格的な発掘調査は昭和五十九年に始められ、平成六年には奈良国立文化財研究所が中世の遺水の遺構を発見している。そういった成果をもとに、平成十一年に復元整備が行われ、現在では平安時代の庭園の遺構として観光名所となっている。

ここで気をつけなければならないことがある。現在の名古曽滝跡は、その折の発掘調査による復元だが、だからといってそれが当時のままというか、公任が見た滝殿跡であるかのように誤解されてはいないだろうか。しかし復元されたのはあくまで中世の遺水跡なのであり、必ずしも平安時代の最初の滝殿ではないし、公任の見た滝殿跡でもないということである。

これに関しては、西行の歌と詞書が参考になる。それは次のように書かれている。

大覚寺の滝殿の石ども、閑院に移されて跡なくなりたりと聞きて、見にまかりたりしに、赤染が「今だにかかる」とよみけん折思ひいでられて、

今だにもかかりといひし滝つ瀬のそのをりまでは昔なりけん　（『山家心中集』三二七番）

藤原氏の邸宅であった閑院は、高倉天皇の時代には里内裏として用いられていた。その閑院で用いるために、大覚寺の滝殿の石が残らず持ち出されて、跡形もなくなったのを見て詠んだと詞書に書かれている。

重い石をよく遠くまで運んだものである。この詞書を信じれば、たとえ近代になって発掘調

査しても、当時の石組みが出てくるはずはあるまい。平安時代において、古い礎石などが再利用されることは珍しくなかった。『小右記』によれば、藤原道長が法成寺を建立する際、なんと羅城門の礎石を運んだことが記されている。(6)

鎌倉時代に至って、後宇多天皇が滝殿を再興したとされているので、現在の滝殿跡の石組は、その折以降のものということになる。要するに滝殿跡には、それなりの歴史的変遷が存していたのである。そのことを認識すべきであろう。

## 三、滝殿跡の享受史

ここであらためて西行が引用している赤染衛門の歌について考えてみたい。

　　大覚寺の滝殿を見てよみ侍りける

あせにける今だにかかり滝つせの早くぞ人はみるべかりける　　（後拾遺集一〇五八番）

ここで問題になるのは、公任歌と赤染衛門歌とどちらが先に詠まれたかである。二人の生年を比較すると、赤染衛門の方が十歳程年長であった。その上で赤染衛門の歌がいつ詠まれたのか未詳であるものの、公任歌は長保元年（九九九年）に詠まれたことがわかっている。しかしながらこれだけの情報では、どちらが先に詠まれたかは判断できそうもない。

次に内容を検討すると、赤染衛門歌の詞書には「大覚寺の滝殿」とあって、「跡」ではないことが注目される。また「あせ」てはいるものの「今だにかかり」とあるので、まだわずかながらも水が流れていた（滝として機能していた）ようだ。だからこそ下の句のように早く見るべきだったと詠じているのであろう。

これが公任より前に詠まれたのであれば、その後で水が涸れてしまったということで矛盾なく説明できる。もしこれが公任の後に詠まれたとすると、既に涸れた滝からまた水が流れたことになる。これを合理的に説明するとすれば、滝が補修されたとするか、公任の歌に虚構があるとするか、あるいは同じ滝を詠んでいるのではないとでもしなければなるまい。そういったことを総合的に判断すると、赤染衛門歌が先に詠まれたと見る方が妥当ではないだろうか。

もう一首、『後拾遺集』には公任歌を踏まえて詠まれたと思われる藤原兼房の、

みまさかのかみにて侍りける時、たちのまへに石立て水せきいれてよみ侍りける

藤原兼房朝臣

せきれたる名こそ流れてとまるらんたえず見るべき滝の糸かは　（一〇五七番）

があげられる。この兼房は、夢で見た人丸の歌仙絵を最初に書かせた人として夙に知られている。この歌では滝を作った評判が「名こそ流れてとまる」とあって、自分の評判が後世に残るだろうと自慢している。(7) また「滝の糸かは」とやはり視覚的に詠んでいることにも留意しておきたい。これは『拾遺集』からの引用（本歌取り）ということでよさそうだ。

次に『源氏物語』松風巻の、

造らせたまふ御堂は、大覚寺の南に当たりて、滝殿の心ばへなど、劣らずおもしろき寺なり。（401頁）

があげられる。大覚寺の南というのは、ちょうど清凉寺の栖霞観がふさわしい。それが大覚寺の滝殿にも劣らないとされているのである。それだけ大覚寺の滝殿は有名だったことがうかがえる。ただし同時代の公任の歌で、既に滝殿は廃絶して水も流れていないと詠んでいるのだから、松風巻の記述は滝殿が機能していた一時代前のことを描写していることになる。

## 四、まとめ

以上、西行歌の記述を起点として、公任の「滝の音は」歌について考察してきたわけだが、そこには案外ややこしい荒廃と再興の歴史が存していることが明らかになった。

もともと「なこその滝」という名称の滝は存在していなかった。公任にしても滝の名称を意識して歌を詠じているわけではない。当時荒廃していたかどうかも未詳だが、公任が題詠で「名こそ流れて」と詠じたことから、後世に「なこその滝跡」という名称が付けられたわけである。それは公任が「なこそ流れて」と詠んだ滝跡であって、決して「なこその滝」跡ではなかったのである。だからこそその後も歌に詠まれておらず、必ずしも歌枕となっていたわけではない。

それにもかかわらず、江戸時代になって観光客の増加に合わせて名所記（観光ガイドブック）が作られた際、名所にふさわしく「なこその滝跡」というネーミングが登場した。それが今日、いかにも「なこその滝」という名前の滝がかつて存在し、その滝跡と誤解されているのである。どうやらこれも、百人一首の流行が生み出した幻想の名所ということになりそうだ。

**注**

（1）『八雲御抄』には「公任卿は寛和の比より天下無双の歌人とて、すでに二百よ歳を経たり。在世の時いふに及ばず、経信、俊頼已下、ちかくも俊成が在世までは、空の月日のごとくにあふぐ。」と評価されている。

（2）荷田春満門流の『百人一首発起伝』には、「此歌拾遺と千載と入たり。千載にのせられたるは誤なるべし。拾遺には糸とあり。千載に音と被入たり。千載に入たるは下に聞えけりとある故音と直して入られたる也。しかれども古詠に此歌を本歌にしてよめるに糸と読める歌どもあり。」と言及されていた。「古詠」というのは『後拾遺集』の兼房歌であろう。

（3）行成は「滝の音の」と記しているので、公任は当初「音」と詠んだ可能性が高い。ただし行成が「音の」と記している本文異同については、ほとんど問題視されていない。なお『御堂関白記』九月十二日条にも記述はあるが、短く「出西山辺、見紅葉、返参院、馬場殿有和歌事」と記されているだけである。西山逍遥は紅葉鑑賞がメインだったようである。

（4）『公任集』（私家集大成）には、

大との、またせくにおはしし時、人々ぐして紅葉見にありき給ふしに、嵯峨の滝どのにて、

滝のをと（いとイ）はたえて久しくなりぬれどなこそながれて猶きこえけれ

とあって、本文異同が示されていた（詞書に未詳部分あり）。

（5）『今昔物語集』巻二十四―五には「今は昔、百済の川成と云ふ絵師ありけり。世に並びなき者にてありける。滝殿の石も此の川成が立てたるなりけり。」とある。実際には渡来人系の秦氏が造営したと考えられる。

（6）『小右記』治安三年（一〇二三年）六月十一日条には、「上達部及諸大夫令曳法成寺堂礎、或取宮中諸司石・神泉苑門幷乾臨閣石、或取坊門・羅城門・左右京職・寺々石云々、可嘆可悲」と批判的な記述が出ている。

（7）「名こそ流れてとまる」とあるのは、百人秀歌の「なほとまりけれ」本文と共通している。

# 第十五章　小式部内侍「大江山」歌（六〇番）の掛詞再考

## ——浅見論を契機として——

大江山いく野の道の遠ければまだふみも見ず天橋立

## 一、問題提起

百人一首の中には説話を伴う歌（歌話説話）がいくつか含まれている。それは歌物語風でもあり、また歌徳説話風でもあるのだが、ではその中の一つである小式部内侍の、

大江山いく野の道の遠ければまだふみも見ず天橋立　（六〇番）

歌は、どのようにとらえればいいのだろうか。

この「大江山」歌の最大の特徴は、内容的な面白さと相俟って、多くの高校古文の教科書に掲載されていることであろう。それは小式部内侍と藤原定頼のやり取りを題材にした『十訓抄』（あるいは『古今著聞集』）所収の大江山説話としてである。教材に採用された理由は、話が短い割に展開が興味深いこと、また詠まれた和歌の技法が試験問題に出しやすいこと、「大江山」歌が百人一首にとられている有名な歌であることなど、教材としてふさわしい要素を多分に内包していることがあげられる。

しかしながら高校の授業では、「大江山」歌の特殊性や技法のさらなる広がりなどにはあまり注目されていないようである。それは教科書としてはやむをえないことかもしれないが、少々もったいない気がする。そこで本論では、看過されがちな「大江山」歌の特殊性に焦点をあて、その技法の複雑さについて再検討してみたい。

## 二、「大江山説話」について

まずはお馴染みの『十訓抄』三ノ一から該当説話を引用してみよう。

和泉式部、保昌が妻にて、丹後へ下りけるほどに、京に歌合ありけるに、小式部内侍、歌よみにとられて、よみけるを、定頼中納言たはぶれて、小式部内侍ありけるに、「丹後へ遣はしける人は参りたりや。いかに心もとなくおぼすらむ」といひて、局の前を過ぎられけるを、御簾よりなからばかり出でて、わづかに直衣の袖をひかへて、

大江山いくのの道の遠ければまだふみも見ず天の橋立

とよみかけけり。思はずに、あさましくて、「こはいかに。かかるやうはある」とばかりいひて、返歌にも及ばず、袖を引き放ちて、逃げられけり。小式部、これより歌よみの世におぼえいできにけり。

これはうちまかせての理運のことなれども、かの卿の心には、これほどの歌、ただいま、よみ出すべし、とは知られざりけるにや。（新編全集123頁）

なお『十訓抄』巻三の教訓は「人倫を侮らざる事」である。この場合、定頼が小式部を侮ったことが主題になる。そのため小式部は「内侍」でありながら若年に想定されている。次にその類話を『古今著聞集』五（一八三）から引用しておきたい。

和泉式部、保昌が妻にて丹後に下りけるほどに、京に歌合せありけるに、小式部の内侍、歌よみにとられてよみけるを、定頼の中納言。たはぶれに小式部の内侍に、「丹後へ遣はしける人は参りにたるや」といひ入れて局の前を通られけるを、小式部の内侍、御簾よりなかばいでて、直衣の袖をひかへて、

大江山いくのの道の遠ければまだふみもみず天の橋立

とよみかけけり。思はずにあさましくて、「こはいかに」とばかりいひて、返しにも及ばず、袖をひきはなちて逃げられにけり。小式部、これより歌よみの世おぼえいできにけり。

（新潮集成241頁）

これを『十訓抄』と比較すると、やや短い（末尾の教訓話がない）こと以外、さほど大きな本文の相違は認められないので、両作品の出典（原拠）は同一と考えてもよさそうである。

この説話は、小式部の歌才を世に知らしめるきっかけとなったものとされている。反面、戯れかかった定頼にとっては大失態と読まれてきた。それは両者の対比によるのだが、実際には定頼は逃げただけである。それもあって最近、浅見和彦氏によって定頼を救済する新しい解釈が提起されている。例えば新編全集『十訓抄』の頭注には、

名歌には返歌をせず、白紙を置くという作法もあり、実のところは定頼の多少オーバーな演技とも考えられる。

（同頁）

といういささか奇妙とも思えるコメントが施されている。[1] この「置白紙作法」は、遡って清輔の『袋草紙』（歌論書）に出ているものだが、しかしこれは「やたがらす」歌の説明としてなされたものであって、連続してはいるものの、末尾の「大江山」歌までは及ばないと考えたい。それよりむしろ「大江山」歌の直前にある、

凡得名人は中々の事云出よりは遁避一の事也。有歌合之比、長元歟、小式部内侍入歌人之時、母和泉式部為保昌妻在丹後。定頼卿小式部内侍局前に立寄て戯て云、いかに丹後へ人は被遣候哉、未帰参歟と云て起時に、式部取直衣袖云。

大江山いくのの道のとをければまだふみもみずあまのはしだて

定頼卿ひきやり逃と云々。（『袋草紙注釈上』57頁）

の冒頭部分をこそ重視したい。「大江山」歌については、「名声を得た人はなまじっかの返歌をするより、返歌しないで逃げるのがよい」の例とすべきではないだろうか。[2] そうなると定頼は「得名人」に該当しなければならないが、一流歌人の定頼であれば特に問題はあるまい。浅見氏は定頼の名誉回復を考えられたのであり、その点は大賛成であるが、私としては「置白紙作法」ではなく「遁避一の事」の方を提案したい。この方がうまく説明できるからである。

## 三、「大江山説話」の読み込み

　この問題をさらに深めるために、「大江山説話」の本文をもう少し詳しく分析してみたい。登場している人物は小式部内侍と定頼のたった二人だけである。冒頭に紹介されている和泉式部と保昌は丹後国に下向（赴任）しており、京都にはいない。その間を取り持つのが仮想の「使い」（文の使い）ということになる。

　母の和泉式部が夫に従って丹後に下向している間に、都で歌合が開催されることになり、小式部がその歌詠みに（おそらく初めて）撰ばれた。そこで与えられた題で歌を詠んで提出するわけだが、『十訓抄』の「よみけるを」というのは、既に詠んだというよりちょうど詠もうとしているところと見たい。

　そこへたまたまというより意図的に、定頼が小式部の局を訪れて声をかける。もちろん周囲にいるはずの女房達にも、その声は聞こえたはずである。「たはぶれ」（戯れ）とあるから、素直に受け取れば定頼は小式部をからかっていることになる。「丹後へ遣はしける人は参りたりや」とは、小式部が丹後にいる和泉式部に文（使者）を遣わしたことを前提にしており、だからこそ使いはまだ戻ってきませんかと尋ねたのであろう。この使いの役目は、歌合に提出する歌の相談・添削あるいは代作など、いろいろ考えられる（単なる母への手紙でも構わない）。

小式部の局に向かってそう言い入れた定頼が、小式部の返事も待たずに局を通り過ぎようとしたところ、小式部は御簾の中から身を半分乗り出し、定頼の直衣の袖を摑んで即座に歌を詠みかけた。それが「大江山」歌である。母のいる天の橋立（丹後）までは遠いので、まだ文も見ていません（使いは戻っていません＝使いなど遣っていません）と言い返したところ、定頼は返歌を考えることもせず、小式部の手を引き離して逃げ去った。かなり芝居がかったパフォーマンスである。

これは宮中（後宮）の女房達の局の前でのできごとなので、決して二人だけのやりとりではあるまい。周囲には大勢の女房達が聞き耳を立てて控えており、その女房達によってたちまち小式部の手柄話として宮中でもてはやされたことであろう。だからこそ「これより歌よみの世におぼえいできにけり」という結末になるのである。二人だけの私的かつ閉鎖的なやりとりなら説話として残るまい。

この説話は、小式部内侍にとっては名誉な手柄話（歌徳説話）であるが、相手役の定頼にとってはどうであろうか。『十訓抄』では、定頼の失敗譚だからこそ「人倫を侮らざる事」という教訓になっている。ただこういった引き立て役は、必ずしも貶《おとし》められるわけではない。それが『袋草紙』の解釈だった。これなど『枕草子』において清少納言にやりこめられる男達のように、それなりにプラス評価されるとは考えられないだろうか。(3) また無理に「白紙を置く」作法を持ち出さなくても、小式部から秀歌を引き出しただけで、定頼の振舞いには十分価値があると思われる。

かつて私はこの一件について、無謀にも「定頼と小式部の仕組んだでっちあげという可能性もある」（『百人一首の新研究』和泉書院）と述べたが、でっちあげかどうかはさておき、『枕草子』的な読み方も捨てがたいと思われる。

## 四、源俊頼の浮上

該当説話は、前述のように高校古文の教科書に多く採用されていて有名である。しかしながらこの説話について、高校の授業（現場）では教えられていない重要なことがあった。それについていささか私見を述べたい。

まずこの説話の出典であるが、和歌としては『金葉集』（勅撰集）に出ている。小式部は二十代で亡くなったこともあり、詠んだ歌も少ないことから、家集らしきものは残っていない。それどころか勅撰集には四首程度しか入集しておらず、その数値からは到底一流歌人としては認め難い（百人一首に撰入されている理由も明白ではない）。

ここで忘れてならないのは、この説話が『俊頼髄脳』にも収録されていることである。ここまで来て二つの疑問が浮上してきた。一つはこれ程有名な和歌であるにもかかわらず、何故

『金葉集』以前の『後拾遺集』に採られていないのかということである。その答えとして、当時は不人気で秀歌と認められていなかったという答えも考えられる。

もう一つの疑問は、『金葉集』の撰者は源俊頼であり、『俊頼髄脳』の作者も同じく俊頼だということである。今のところ小式部内侍の和歌も説話も、俊頼以前には遡れない。ということは、この和歌や説話は、俊頼に見出され評価されたものということになる。

どうして俊頼以前に評価されなかったのか、俊頼はこの和歌をどのように発掘したのかなどはわからないものの、有名な伊勢大輔の「いにしへの」歌にしても、同様に『後拾遺集』には収録されておらず、後の『詞花集』（三奏本『金葉集』）に掲載されている。あるいはこういった当意即妙の返歌は、『後拾遺集』では評価されなかったのかもしれない。また「八重桜」が当時必ずしも美的なものではなかったのと同様、「天の橋立」にしても、当時は美的な歌枕として認識（評価）されていなかったこともあげられる。

以上は、小式部が「大江山」歌を詠んだことを前提としての話である。これを後世の作り話（虚構）と見ることもできなくはない。その大きな理由は、その折に開催されたはずの歌合の記録が一切残っておらず、必然的にその歌合で小式部が詠んだであろう歌も伝わっていないからである（もちろん「大江山」歌は歌合用に詠まれたものではない）。肝心の公的行事としての歌合の記録がなく、その前哨戦でしかない小式部と定頼のやり取りだけが後世に伝わっているというのは本末転倒であろう。そうなると、歌合が行われたということ自体も疑わしくなってくる。

これについては、夙に萩谷朴氏が『平安朝歌合大成三』で疑っておられるように、和泉式部が都に残していく小式部を気遣っていたという記事が『和泉式部集』にあり、その和泉式部を定頼がからかった話が『定頼集』にあることから、そういった記事を複合して小式部内侍説話が醸成された可能性も否定しがたい。

## 五、「大江山説話」の醸成

仮に歌合が虚構であるとすれば、必然的に定頼と小式部のやりとりも虚構ということになる。もしそうなら、小式部は「大江山」歌も詠んでいないことになる。ではこの歌の作者としてもっともふさわしい（可能性が高い）のは誰であろうか。これはあくまで仮説であるが、真っ先に想定されるのはもちろん俊頼その人である。(4)

その前に、『金葉集』をもう少し検討しておこう。『金葉集』五五〇番は長い詞書を伴っており、それが和歌の成立事情を物語っている。そこには、

和泉式部保昌にぐして丹後に侍りけるころ、都に歌合侍りけるに、小式部内侍歌よみにとられて侍りけるを、定頼卿つぼねのかたにまうできて、歌はいかがせさせ給ふ、丹後へ人はつかはしけんや、つかひはまうでこずや、いかに心もとなくおぼすらんな

ど、たはぶれて立ちけるをひきとどめてよめる。　　小式部内侍

大江山生野の道の遠ければふみもまだ見ずあまの橋立

と記されている。ついでにほぼ同話が掲載されている『俊頼髄脳』も引用しておきたい。

大江山生野のさとの遠ければふみもまだ見ずあまの橋立

これは、小式部の内侍といへる人の歌なり。ことの起りは、小式部の内侍は、和泉式部がむすめなり。親の式部が、保昌が妻にて、丹後に下りたりける時に、都に、歌合のありけるに、小式部の内侍、歌よみにとられて詠みける程、四条中納言定頼といへるは、四条大納言公任の子なり。その人の、たはぶれて、小式部の内侍のありけるに、「丹後へつかはしけむ人は、帰りまうで来にけむや。いかに心もとなくおぼすらむと。ねたがらせむ」と申しかけて、立ちければ、内侍、御簾よりなから出でて、わづかに、直衣の袖をひかへて、この歌を詠みかけければ、いかにかかるやうはあるとて、ついゐてこの歌の返しせむとて、しばしは思ひけれど、え思ひ得ざりければ、ひきはり逃げにけり。これを思へば、心疾く詠めるもめでたし。（全集本『歌論集』260頁）

話の骨格は同じだが、歌に微妙な本文異同が認められる。それは両方とも四句目の「まだふみもみず」（百人一首）が「ふみもまだみず」になっていること、また『俊頼髄脳』のみ「道」（百人一首）が「里」になっていることである。加えて『俊頼髄脳』には、歌が詠まれた後に、

定頼が返歌を詠もうとしており、その分だけ定頼の比重が重くなっている。

また定頼は「丹後」と口にしている。これは保昌が丹後守に任命されて赴任し、妻の和泉式部もそれに従って下向しているからである。その「丹後」をキーワードとして、小式部は即座に「大江山」「生野」「天の橋立」という三つの地名を道順に並べて歌を詠んでいる。最後の「天の橋立」は、丹後国の国府（和泉式部がいるところ）の近くなので、直接「丹後」を詠まずに言い換えたことになる。ただし「天の橋立」は、必ずしも昔から有名な歌枕とは言いがたいものであった。そういった点について、もう少し詳しく検討してみる必要がありそうだ。

## 六、「大江山」――歌枕その1

小式部が詠んだ三つの歌枕の中で、『万葉集』に詠まれているのは唯一「大江山」だけであった。残りの二つは勅撰三代集にも詠まれておらず、必ずしも伝統的な歌枕とは言い難い。その「大江山」についても、所在地がどこかで二説が対立している。

従来は知名度の高い酒呑童子の鬼と結びつけられることで、単純に丹後にある「大江山」（仙丈ヶ岳）とされていた。ところが丹後の山では、「生野」と「大江山」との位置関係が、京都からの道順に並んでいないことになる。もちろんばらばらでもかまわないのだが、仮に地名が整然と京都から天の橋立までの道順通りに配されているとすれば、必然的に丹後ではなく、もっと京都より（生野より手前）の「大江山」でなければならないことになる。そこで浮上するのが、京都と丹波の境界にあるもう一つの「大江山」（大枝山）であった。(5)

もともと唯一『万葉集』に詠まれている、

丹波道の大江の山のさねかづら絶えむの心わが思はなくに　（三〇七一番）

歌にしても、「丹波道の」とあることから、京都に近い「大枝山」の方がふさわしい。逆に丹後の「大江山」を詠んだ古歌は一切見当たらない。どうやら後世の享受史の中で、鬼の存在と相俟って、「大江山」の所在地のすり替えが生じているようである。(6)

ところで「大枝山」を詠じた平安時代の用例として、

・嘆きのみ大枝の山は近けれど今ひと坂を越えぞかねつる　（躬恒集五六番）

・片時も見ねば恋しき大枝山嘆きこえする人はよきかな　（古今六帖八八七番）

・憂きことを大枝の山と知りながらいとど深くも入る我が身かな　（栄花物語・隆家）

などがあげられる。これらの歌には、「枝」の縁で「木」（き）を詠み込むという共通点（技法）が指摘される。そのため「大枝山」という表記が撰ばれたのであろう（一種の掛詞）。これこそが小式部内侍歌以前の「大枝山」の正当な詠み方（イメージ）であった。

このうちの「嘆き（木）のみ大枝」や「憂き（木）ことを大枝」には、「大枝」に「大・多・覚」など複数の掛詞が成り立つ。この伝統を援用すると、「大江山」は単独の大きな山（固有名詞）とは別に、「多くの山」を越えてと掛詞的に解せるようである。ただしその場合は歌枕ではなく普通名詞となる。

かくして「大江山」は、平安時代に歌枕の技法やイメージが大きく変容していることが明らかになった。その分起点に小式部の「大江山」歌が存する（据えられる）のである。

## 七、「生野」――歌枕その2

次の「生野」にしても、兵庫県朝来《あさご》市と京都府福知山市の二箇所が候補地としてあげられている。もちろん道順にふさわしいのは福知山市の「生野」である。これも単なる地名というだけでなく、

まことにや人の来るには絶えにけむ生野の里の夏引きの糸　（三奏本金葉集五二九番）

とあるように、言語遊戯的に「来る」と生野の掛詞「行く」が対になっており、また「来る」には「糸」の縁で「繰る」も掛けられている。当意即妙に詠まれた歌にしては、かなり技巧的であることが見えてきた。むしろそういった技巧に適った地名が歌枕に選び取られるのであろう。

ここまで調べてきて、これ以前に大江山・生野・天の橋立という三つの地名が一緒に詠まれたことはなかったことが明らかになった。というより、「生野」が歌に詠まれるようになるの

は、かなり時代が下ってからのようである。『元真集』に、

別れにしほどに消えにしたましひのしばし生野の野辺に宿れる　（三三七番）

とあるのが初出のようだが、勅撰集の初出はおそらく『金葉集』の当該歌か前述の「まことにや」歌であろう。そうなると小式部内侍歌は、初めて三つの歌枕を詠みこんだというだけでなく、初めて勅撰集で「生野」に「生く」ではなく「行く」という掛詞を詠みこんだ歌であった可能性が高い(7)。

それもあって『金葉集』以降、ようやく「大江山」と「生野」の両方を詠みこんだ歌が登場する。例えば久安五年（一一四九年）に行われた『右衛門督家歌合』で詠まれた、

大江山秋の生野の夕露はかたみにおけるものにぞありける　（二六番）

は、小式部内侍歌を本歌取りしたものであるが、「秋の生野」には、当然「秋が行く（過ぎる）」が掛けられている。また下って『新古今集』所収の、

大江山越えて生野の末遠み道あるよにもあひにけるかな　（七五二番）

にしても、「越えて行く」その「生野」の先の「道」が「遠い」と詠じており、これも明らかに小式部歌の本歌取りであった。

以上のように、小式部内侍によって三つの歌枕がセットで詠まれたことにより、その後も「大江山」と「生野」がセットで歌に詠まれるようになったと考えられる（三つを同時に詠みこ

むことは困難なようだ）。これも小式部内侍歌の影響力といえよう。そのため伝統的な「大江山」歌における「枝」と「木」の縁語は人気がなくなっていった（歌枕のイメージの変遷）。同様に「生野」と「生く」の掛詞も用いられなくなった。

さらにもう一つ先の「天の橋立」が詠みこまれると、「生野」には掛詞「行く」のみならず「幾つもの野」も掛けられる。それによって、「多くの山」から「幾つもの野を越えて行く道は遠いので」と続いていくことになる。これで「遠ければ」が生きることになる。そのため固有名詞的・固定的な「生野の里」では収まりきれなくなったので、「生野の道」本文が撰ばれたのであろう。こうなると小式部内侍歌では、「生野」が三重の掛詞として機能していることになる。(8) たとえそれが小式部内侍のあずかり知らぬことであったとしても。

## 八、天の橋立 —— 歌枕その3

最後に位置する「天の橋立」は、現在日本三景の一つに数えられている名所であるから、歌枕と見ることに何の問題もないように思える。ところがこれも『万葉集』はもとより『古今集』以下の勅撰集に詠まれておらず、「生野」同様に勅撰集の初出は『金葉集』の当該歌まで下る。すべては『金葉集』に収束しているわけである。もちろん丁寧に私家集を調べてみると、「生野」とは違って、

・音に聞く天の橋立たてたてておよばぬ恋も我はするかな　（伊勢集四〇六番）
・満つ潮ものぼりかねてぞ帰るらし名にさへ高き天の橋立　（源順集二六二番）
　丹後に下るに宮より衣・扇給はせたるに、天の橋立書かせ給ひて
・秋霧の隔つる天の橋立をいかなるひまに人渡るらん　（和泉式部集上四五七番）
　御返し
・思ひ立つ空こそなけれ道もなく霧渡るなる天の橋立　（和泉式部集上四五八番）
・はななみの里とし聞けば物憂きに君ひき渡せ天の橋立　（和泉式部集上四六〇番）
・こまならむ人はなれたりゆくへなく舟流したる天の橋立　（和泉式部集下七五四番）
・与謝の海のうちとの浜にうらさびて世を憂み渡る天の橋立　（万代和歌集三二六八番好忠）
・よろづよを松につけてや今日よりは天の橋立ふりずして見む　（歌枕名寄七七六四番村上）

などと詠まれていることがわかった（大半は実詠ではなく名所絵を見ての題詠）。ただし勅撰集には、何故か『金葉集』まで撰入されていない。

ついでながらこれらの歌には「大江山」や「生野」といった道順が一切詠みこまれていない（孤立している）。そして小式部内侍の母親である和泉式部が、「天の橋立」を三首も詠んでいる点には留意しておきたい（四五七番は中宮彰子の歌）。この和泉式部詠が、小式部と「天の橋立」を結びつける契機になっている可能性が高いからである。それにしても「天の橋立」には、掛

詞（技巧）が見出せない。

ここで一つ考えたいことがある。「天の橋立」について、国府のあった宮津市には古く海部氏という古代豪族が居住していたとされている。「天の橋立」自体、宮津湾の砂州であるから、当然海に面している。それもあって『最勝四天王院和歌』や『建保名所百首』では、「海橋立」と表記されている。(9) 仮に「天」に「海人」「海」が掛けられているとすると、この歌は「山」↓「野」↓「海」という地理的な連想も働いていることになるが、それが歌の中でうまく機能しているとは認定しがたい。むしろ中世に至って、天に通じる「天の橋」（垂直）を「海の橋」（水平）に据えなおしているのであろう。

それはさておき『金葉集』の詞書によれば、定頼は小式部に母和泉式部からの手紙は届いたかと尋ねているのであって、決して天の橋立に行ったことがあるかとは聞いてなかった。それにもかかわらず、小式部が「まだ踏みも見ず」つまりまだ行ったことはないと答えていると解釈したら、話がズレてしまわないだろうか。(10) むしろここは自身の体験ではなく、主体は使者とすべきではないだろうか。

## 九、まとめ

本論では、浅見氏のご意見に賛同して、定頼の評価については従来の愚行ではなく、「名声を得た人はなまじっかの返歌をするより、返歌しないで逃げるのがよい」の例とすべきことを提起した。あえて小式部を引き立てるために定頼の打った芝居と見るのも面白い[11]。定頼のオーバーな演技（パフォーマンス）も、背後の観衆（後宮の女房達）を想定することで納得されよう（『枕草子』的視点）。高校の授業でも是非このことについて検討していただきたい。

次に小式部内侍歌の特徴は、地名を道行き風に三つも入れていることのみならず、それによって従来の「大江山」「生野」「天の橋立」の歌枕的イメージを大きく変容（あるいは消失）させたことがあげられる。特に「大江山」に「多し」を掛け、「生野」に「幾つもの野」を掛ける小山説は、百人一首（定家）の解釈としてもふさわしい（「生野」は三重の掛詞となっている）。どうやら大江山説話は、表面的な話の面白さだけでなく、こういった和歌の技巧の複雑さをこそもっと強調すべきようである。

もう一つ、気になっているのが『定頼集』の、

式部、保昌が妻になりて、丹後になりたるに、くだりやせまし、いかにせんとやすらふと聞き給ひて

・行きゆかず聞かまほしきをいづかたにふみさだむらんあしうらの山　（三九七番）

歌である。これは前述のように、和泉式部が丹後に下向しようかどうか躊躇していると聞いて、定頼がからかって送った歌である。定頼が和泉式部と小式部の両方に関わっていることには、

もっと注目していいのではないだろうか。

よく見ると、この歌には「丹後」「行き」「ふみ」など、小式部内侍歌との共通要素が少なくないことに気付く。和泉式部が丹後に下向したのだから当然である。中でも「踏み」が用いられている点、「行く」と「踏み」「足裏」が縁語になっている点など、定頼の歌人としての力量がうかがわれるし、和泉式部と昵懇《じっこん》であったことも察せられる。これを見ると小式部歌は、この定頼歌を踏まえて詠まれているように思われてならない。

もっとも定頼歌の「踏み」に「文」の意味（掛詞）は認めにくい。それは小式部歌も同様であろう。それこそ定頼が小式部に「丹後へ人はつかはしけんや、つかひはまうでこずや」と尋ねたことで、かろうじて「文も見ず」という掛詞が成立するのである。そのためか定家は『八代抄』の詞書にあえて、

和泉式部丹後国に侍りける比、中納言定頼文やありつると尋ね侍りければ、

と、使者を「文やありつる」に言い換えることで、積極的に「文」の存在を明確にしている。[12]

一方の「踏み」は、小式部歌では「橋」との縁語以外ほとんど機能していないにもかかわらず、高校の試験では「ふみ」を「文」と「踏み」の掛詞として設問し続けている。それは定家が意図的に「ふみもまだ見ず」を「まだふみも見ず」に改訂したことと無縁ではなさそうである。この掛詞は定家によって仕掛けられたのではないだろうか。

仮に『定頼集』を踏まえると、下向を躊躇していた和泉式部は、その後丹後へ下向した。それによって母が「踏んで」「行った」「丹後」という前提条件ができる。それに対して京都に残った娘の小式部は、まだ「踏んで」「行って」いないという対比構造になる。ということで「大江山」歌は、作者が誰かと言うこととは別に、積極的に定頼歌を踏まえて解釈する方が、「ふみ」の掛詞もわかりやすいようである。

**注**

（1）浅見和彦氏は「小式部内侍の歌が希に見る秀歌と判じた定頼は、彼女の歌に最高の敬意と称讃を与えるべく、あえて返歌を行わず、その場から「ヒキヤリ逃」げていったというのである。それは秀歌を遇する作法で、故実に全くかなった振舞であったということもできるのである」と述べておられる（「小式部内侍説話考―『古事談』『宇治拾遺物語』所載話を中心に―」『説話と伝承の中世圏』（若草書房）平成9年4月）。

（2）このことは長谷川哲夫氏『百人一首私注』（風間書房）も、『袋草紙』のこの話の直前に「凡得名人、中中事云出より遁避一之事也」とあり、この次の話の中に「凡は秀歌には返事は不云。是故実と云々。如此之輩、不為恥辱歟」（369頁）とあることを指摘されている。

（3）長谷川哲夫氏も『枕草子』を引用しておられる（注2参照）。

（4）吉海直人『百人一首の新研究』（和泉書院）平成13年3月参照。

（5）　川上富吉氏「「大江山いくのの道」―丹波大枝山説の再確認―」日本文学風土学会紀事2・昭和44年9月、糸井通浩氏「歌枕「大江山」考」国文学会誌20・昭和60年6月。

（6）　藍美喜子氏「掛詞と縁語―小式部内侍歌覚え書」『小倉百人一首の言語空間』（世界思想社）平成元年11月、吉野樹紀氏「歌語「大江山」の和歌史的展開」沖縄国際大学日本語日本文学研究9―1・平成16年12月参照。また兼築信行氏は、和泉式部の家系である大江氏（父は大江雅致）を「大江山」に響かせているとされている（「小式部内侍の「大江山」の歌について」赤羽淑先生退職記念論文集・平成17年3月）。必ずしも和歌の解釈にかかわるものではないが、小式部と大江山の関連と言うことでは非常に興味深い。

（7）　「生野」が「いくの」であるのに対して、「行く」は和歌では「ゆく」であり、「いく」は口語とされている。もちろん掛詞としてそれくらいの違いは許容範囲である。

（8）　既に『歌ことば歌枕大辞典』（角川書店）平成11年5月の「大江山」項・「生野」項で「多」・「幾」の掛詞は指摘されているが、小山順子氏「小式部内侍「大江山生野の道の」考―歌枕の機能、享受―」京都大学国文学論叢17・平成19年3月が、三つの歌枕を単一の「点」ではなく「線」として解釈される点には大いに啓発された。

（9）　赤瀬信吾氏「王朝和歌における「天の橋立」」『「天橋立学」への招待』（法蔵館書店）平成29年4月。「天」と「海」の掛詞は認められるが、「海人族」とのかかわりまで認めることはできそうもない。

（10）　この件に関して長谷川哲夫氏は、「定頼が「丹後への使者はまだ帰って来ていないのでしょうか。それがさぞ待ち遠しいでしょうね」と言っているのに、「まだ文も見ず」（「まだ手紙も見ていません」）がその答えだとすれば、どう見てもこの会話はかみ合っていない」（366頁）・「「まだ文も見ず」を定頼の言葉に対する答えとして解すことはできない。したがって、「まだ母からの手紙も見ておりません。ですから、母に代作などしてもらってはおりません」とする通説の解釈は成り立たないことになる」（367頁）と指摘しておられる（注2参照）。この疑問も道理である。

(11) 三木紀人氏「亜流の世代のアイドル―小式部」国文学20―16・昭和50年12月。『宇治拾遺物語』では小式部と定頼は恋人同士になっているので、単純にやりこめられたとするのは早計であろう。あるいは伊勢大輔の歌も含めて、彰子サロンにおいて『枕草子』の再現が試みられたと見るのは考えすぎだろうか。

(12) 安道百合子氏「「まだふみもみず」考―小式部内侍「大江山」歌説話教材の要点―」梅光学院大学日本文学研究47・平成24年1月。この詞書によって「踏み」も機能することになる。定家はここで歌合の情報を抹殺しており、定頼の滑稽味を払拭し、単に母の安否確認に焦点を絞っていることになる。説話的な解釈を排除したところに定家の再解釈が認められる。なお藍氏は「まだふみも見ず」を「裏に、はやく文を見たいの意趣が漂う」と解釈しておられる（注6参照）。

# 第十六章　清少納言歌（六二番）の「夜をこめて」再考

## —小林論の検証—

夜をこめて鳥の空音にはかるともよに逢坂の関はゆるさじ

## 一、問題提起

『枕草子』一三〇段にも所収されている清少納言の、

夜をこめて鳥の空音にはかるともよに逢坂の関はゆるさじ　（六二番）

歌に関して、かつて従来の常識的な解釈に対して批判的な私見を述べ、これを後宮における擬似恋愛ゲームとして読むべきことを提示したことがある。(1)

これでこの歌について私が論じることはもうないと思っていたのだが、その後、小林賢章氏が「「夜をこめて」考」を発表され、そこで清少納言が歌に用いた「夜をこめて」という時間表現の意味について、「一晩中」あるいは「夜通し」と口語訳すべきことを提唱された。(2)

小林氏は長く「あかつき」を核とする平安時代の時間表現を精力的に研究されており、私も教えられることが多いのだが、この「夜をこめて」の解釈に限っては、論旨がわかりにくいこともあって賛同しかねる点がある。そこで小林論の検証を行ないつつ、あらためて時間表現としての「夜をこめて」について再検討してみた次第である。その過程で、清少納言歌の解釈の複雑さも浮き彫りになってきた。

## 二、小林論の紹介

小林氏は定石として、従来の『枕草子』・『後拾遺集』・『百人一首』の注釈書を総合的に調査され、「夜をこめて」の解釈が①「まだ夜の明けないうちに」系・②「一晩中」系・③「夜が深い」系に三分類されることを指摘しておられる。そのことに無関心だった私は大いに反省させられた。この違いについては、「まだ夜の明けないうちに」系は函谷関の故事寄りで、「一晩中」系は逢坂関寄りの解釈ではないだろうか。「夜が深い」系は時間的に「まだ夜の明けないうちに」系に近いようである。

どうやらそれが「夜をこめて」の時間帯の解釈に及んでいるようなので、小林氏が「夜をこめて」に注目されたのは慧眼であろう。もちろん小林氏は、「夜をこめて」を単純に「一晩中」・「夜通し」とされているわけではなかった。小林氏の口語訳はきわめて便宜的であり、実際のところは「午前一時から午前三時まで」の二時間であることを最大の主張としておられる。そのことは自ら、

ヨモスガラなどと比較すると、夜をこめては時間的には短いだろうから、厳密に言うと、「夜通し」、「一晩中」ではないだろう。（195頁）

と述べておられる。(3)

小林氏が「夜もすがら」と比較されているのは、以前「夜もすがら」についても研究されており(4)、むしろこれこそが「一晩中」・「夜通し」という訳にふさわしい時間表現とされているからである。それに対して「夜をこめて」が時間的に短いというのは、始まりの時間が「夜もすがら」は午後十一時からであるのに対して、「夜をこめて」は午前一時からだからである。比較すると二時間短いというか、後半だけ（半分）になっている。

その上で、こういった紛らわしい口語訳を提示されていることについては、「一晩中」、「夜通し」よりは短い時間だが、夜をこめてには現代語には相当する単語がない。終了時点だけ意識して、「一晩中」、「夜通し」と口語訳しておくのが、ベターな訳であると思われる。（200頁）

と弁明されている。「終了時点だけを意識して」というのは、午前三時（夜の終り・あかつきの始まり）のことである。終了時点に限っていえば、「夜をこめて」も「夜もすがら」も同一というのが小林論の主旨である。逆に開始時間の違いやそれに伴う時間の長短は、小林氏にとってはさほど問題にならないようである。そのためか開始時間についての論証はほとんど行われていなかった。

小林氏の関心が「午前三時」に集中していることは、これまでの小林氏の御研究によって十分理解できる。しかしこの便宜的な口語訳から、小林氏の真意を汲み取ることは容易にはできそうもない。かつて小林氏は「あかつき」の時間帯をめぐって、「日付変更時点」という耳慣れない表現（造語?）を提起されているのだから、もし「夜をこめて」に相当する言葉がないのであれば、それにふさわしい言葉を自ら提案（造語）されてしかるべきであろう。

少なくとも「午前一時から午前三時まで」というわずか二時間を、「夜もすがら」と同様に「一晩中」・「夜通し」と訳して済ますのは無謀であり、決して「ベターな訳」とは受け取れない。それどころかかえって誤解される恐れもある。むしろそういった時間表現の曖昧さを批判されてきたのがこれまでの小林氏なのだから、こんな妥協案で済ませていいわけがない。これが私の第一の意見（反論）である。

第二の意見は、小林氏の説明に違和感があったことである。それは「まとめ」最末尾の、

但し書きをするまでもないが、ヨヲコメテを「夜が明けるまで」と口語訳することは間違っているし、「夜が深い」と口語訳することは何を言っているのか分らないと言える。（200頁）

という但し書き部分である。何も「但し書き」に目くじらを立てなくてもといわれそうだが、私が引っかかったのは、「夜をこめて」を「夜が明けるまで」と口語訳した事例（実体）があげられていない点であった（どの注釈書の説なのかも不明）。小林氏が論文の中で具体的に引用しておられる口語訳には、前述のように「まだ夜の明けないうちに」とあるのだから、ひょっと

するとこれは小林氏の勘違い（思い込み）ではないだろうか。

些末なことにこだわるようで恐縮だが、何しろ「明ける」と「明けない」では大きな違いだから、これを安易に「夜が明ける」として引用されるのは納得できない。小林氏はそれ以前に、

「夜の明けないうちに」などの口語訳は、ある部分はあっているが、午前三時を意識していない点と三時までの時間の経過が示されていない点が問題といえる。（181頁）

と述べておられたのだから、この「夜の明けないうちに」が「夜が明けるまで」に変わる必然性が見出せない。

## 三、辞書的説明

とりあえず「夜をこめて」に解釈上の問題が存していることは確認できた。もう一つの「夜が深い」に関して、小林氏の「何を言っているのか分らない」という発言については、もっと具体的に何がどうわからないのかを説明していただきたい。というのも『広辞苑』の「夜をこめて」項には、都合よく「まだ夜が明けない。まだ夜が深い」と出ているからである。また小学館『日本国語大辞典（第二版）』の「よを籠める」項には、

まだ夜が明けず、夜明けまでに時間がある間に…する。

とやや詳しく記されている。さらに角川『古語大辞典』の「よを籠む」項には、

まだ夜明けまで間がある時間を選んで何かをすることを表す。

とほぼ同様のことが書かれていた。この二つの大きな辞書は、意味をコンパクトにまとめるのではなく、やや説明的になるのを承知の上で、下に続く動詞と呼応させようとしていることがわかる。

それにしても「夜をこめて」に関しては、語義的にどうしてそんな訳になるのか、確かにわかりにくい点がある（きちんと説明されていない）。そこで田中重太郎氏『枕冊子全注釈三』（角川書店）を見たところ、「夜を籠める」の語釈として、

夜の更け方が浅く、夜が明けるまで長い時間がある意。（145頁）

と説明されていた。もしそうなら、「まだ夜の明けないうちに」をもっとわかりやすく「夜が明けるまでにまだ間がある頃」とでも言い直す方がベターかもしれない。

その点、三省堂『全訳読解古語辞典（第五版）』の「夜深し」項の「関連語」には、「夜深し」は夜明けを念頭において、それにはまだ時間があるころをいい、「夜を籠めて」は夜を次の日に継ぎ足す意で、夜半を過ぎてからのころをいう。また、「夜更く」は夕方を基準にして、夜がすっかり深くなった意を表す。

という興味深い説明が出ていた。「夜を次の日に継ぎ足す」というのはよくわからないが、「夜をこめて」を「夜半を過ぎてからのころ」としているのは注目に値する。もっとも「夜半を過

ぎて」というのが具体的にいつごろ（何時以降）なのかは読み取れない。しかしこの説明は小林氏の言われる「午前一時から午前三時まで」と重なる（もっとも近い）ように思える。というより、小林氏のように何時から何時までといった具体的な提示は、注釈書の中に一つも見当たらなかった。となると小林論は新説であろうから、その根拠を確かめる必要がありそうだ。

ここまできて、最近の辞書・注釈書類には「一晩中」・「夜通し」という意味を掲載していないものが増加していることに気が付いた。だからといって、短絡的に小林論が間違っているといいたい訳ではない。むしろ小林氏は、辞書や注釈・論文の誤りを是正することを目標に、長らく時間表現の研究を地道に（独自に）行っており、ここでも「一晩中」としている注釈書が少ないことを指摘された上で、持論を展開しておられるからである。

ただここでは、小林氏が「一晩中」を「午前一時から三時まで」と言い換えられていることに疑問を抱いている。

## 四、「丑になりなばあしかりなむ」の意味

では問題の清少納言の「夜をこめて」歌について、詳しく検討してみよう。まず『枕草子』一三〇段は以下のように記されている。

頭弁の、職にまゐりたまひて、物語などしたまひしに、夜いたうふけぬ。「明日御物忌

なるに籠るべければ、丑になりなばあしかりなむ」とてまゐりたまひぬ。

つとめて、蔵人所の紙屋紙ひき重ねて、「今日は、残りおほかる心地なむする。夜をとほして、昔物語も聞え明かさむとせしを、鶏の声にもよほされてなむ」と、いみじう言おほく書きたまへる、いとめでたし。御返りに、「いと夜深くはべりける鳥の声は、孟嘗君のにや」と聞えたれば、立ち返り、「孟嘗君の鶏は函谷関をひらきて、三千の客わづかに去れりとあれども、これは逢坂の関なり」とあれば、

「夜をこめて鳥のそら音にはかるとも世に逢坂の関はゆるさじ
心かしこき関守侍り」と聞ゆ。また、立ち返り、

「逢坂は人越えやすき関なれば鳥鳴かぬにもあけて待つとか」

とありし文どもを、〈以下略〉（新編全集245頁）

ここで行成が帰った時刻を知る手掛かりとして、本文には「夜いたうふけぬ」・「夜をとほして」・「夜深く」・「鳥の声」などの時間表現があげられる。これらは当然「夜をこめて」と重なる時間帯であろう。それよりもっと明確なのは、「丑になりなばあしかりなむ」という行成の発言である。具体的に丑の刻（午前一時から午前三時）になったら都合が悪いというのだから、文脈からして行成は「午前一時前」に清少納言のもとを去ったことにならざるをえない。だから「残りおほかる」なのである。その点は小林氏も、

行成は、「明日は宮中の御物忌みだから」と、丑の刻の前に作者のもとを去っていく。（178頁）

と述べておられる。ここで小林氏ははっきり「丑の刻の前」とされているのだが、それが何故か一行後になると、

午前一時ごろ（「うしになりなば、あしかりなん」）に行成が清少納言のもとを去る。（178頁）

と、「午前一時ごろ」に微妙に表現が変えられている。「一時前」も「一時ごろ」も時間的にはたいして変わらないが、どうしてこういった時間表記のずれが生じているのだろうか。そう考えた時、小林論において「夜をこめて」は「午前一時から午前三時まで」なので、たとえわずかであっても「一時前」では時間的に不都合であることに思い至った。

もっとも小林氏はその後にも、

藤原行成が子の刻に清少納言の所を立ち去ったのは、（179頁）

と「子の刻」に立ち去ったとしておられる。こういった表現は重要なので、子の刻なのか丑の刻なのか統一していただきたい。そうでないとこの時点で、小林論は齟齬をきたしていることになりかねない。これが第三の素朴な意見である。

次に清少納言の返事にある、「いと夜深くはべりける鳥の声は、孟嘗君のにや」に注目したい。ここには清少納言らしく漢籍（孟嘗君の函谷関の故事）が踏まえられている。そこで確認の

ため『十八史略』所収の「鶏鳴狗盗」を参照してみたところ、

夜半函谷関に至る。関の法、鶏鳴きてまさに客を出す。

云々とあった。ここに「夜半」とあることに留意したい（『史記』にもあり）。というのも、前述した三省堂『全訳読解古語辞典（第五版）』の「夜半を過ぎてからのころをいう」とうまく整合していると思われるからである。

なお「夜半」の時間帯に関して小林氏は、

夜中は夜半《よは》と同一の時間帯を指し、午後十一時から（翌日の）午前三時までを指す。（188頁）

と説明しておられるが、(5) 清少納言は行成が丑の刻以前に帰ったことを孟嘗君説話にたとえているのだから、当然この「夜半」はもっと限定して「午前一時前」と見るのが妥当であろう。果たして行成の言葉は、「夜をこめて」の始まりを示しているのだろうか。

これに関連して、小林氏が引用されている歌を一首取り上げてみたい。それは増基の、

伊勢の国にて潮の干たる程に、三渡といふ浜を過ぎんとて、夜中に起きてくるに路も見えねば、松の原の中に泊りぬ。さて夜の明けにければ、

夜をこめて急ぎつれども松の根に枕をしても明かしつるかな　（増基法師集二八番）

である。わかりにくいかもしれないが、詞書に「夜中に起きて」とあるのだから、この「夜を

こめて」は「一晩中」ではなく、「夜中に起きて急いで出立した」と解するのがふさわしい。(6)
というのも「明かし」た（午前三時を過ぎた）時には松の原で休憩していたからである。
それよりも小林氏がここで、
夜をこめては、夜中と呼ばれる時点から午前三時までの時間を経過する意味であったといえる。夜もすがらなどより、時間の幅が短いと想像されるのだった。（190頁）
と述べておられる。これに従えば「夜中」は午後十一時以降になる。これは三省堂『全訳読解古語辞典（第五版）』と同じ見解であろう。それなら「夜もすがら」と重なるのではないだろうか。それに対して小林氏は、「夜もすがら」と「夜をこめて」の時間の長短に関して「想像される」の一言で片付けておられる点である。これは希望的観測であり、論証したことにはなるまい。

## 五、「夜半」と「夜深し」について

前章において『枕草子』の「夜をこめて」歌は、丑の刻以前（午前一時前）が適当であることを述べた。次に同じ「夜をこめて」歌を掲載している『後拾遺集』について検証しておきたい。

大納言行成ものがたりなどし侍りけるに、うちの御物忌みにこもればとていそぎかへりて、つとめて鳥の声にもよほされてといひおこせて侍りければ、夜深かりける鳥の声は函谷関のことにやといひにつかはしたりけるを、たちかへりこれは逢坂の関に侍りとあればよみ侍りける　清少納言

夜をこめて鳥のそらねにはかるともよに逢坂の関はゆるさじ　（後拾遺集九三九番）

『枕草子』を意識してか、『後拾遺集』は比較的長い詞書を伴っている。なおこの歌は藤原定家撰の『八代抄』にも採録されているので、ついでにそれも引用しておこう。

大納言行成卿御物忌みにこもるとて夜深く出でて、鳥のそらねにいそぎつるよし申して侍りけるを、夜深かりけるは孟嘗君のにやと申したりける返事に、是は逢坂の関なりと言ひ遣はしたりければ　清少納言

夜をこめて鳥のそらねにはかるともよに逢坂の関はゆるさじ　（八代抄一六五三番）

こちらも同様に長い詞書を伴っている。それは詞書がないと歌の成立事情がわかりにくいからであろう。『後拾遺集』の詞書で気になるのは、「夜深かりける鳥の声」である。『八代抄』には「夜深かりけるは」とあるし、『枕草子』にも「夜深くはべりける鳥の声」とあった。前述のように、小林氏は「夜をこめて」を「「夜が深い」と口語訳することは何を言っているのか分らない」と批判されていたが、「夜が深い」という訳はこの「夜深し」を意識した（解釈した）ものであろう。

しかも孟嘗君の故事を踏まえているのだから、『後拾遺集』や『八代抄』の詞書は、前述の『十八史略』にあった「夜半」を「夜深し」に置き換えていると見ても良さそうだ。(7)『枕草子』との違いは、具体的な「丑になりなばあしかりなむ」がないことである。要するに『後拾遺集』や『八代抄』からでは「夜をこめて」の開始時間は特定できないことがわかる。

ところで先に小林氏が、行成が帰った時刻を「午前一時ごろ」と改変しておられることを指摘した。それがさらに「夜をこめて」歌の現代語訳になると、今度は「午前二時に鳴くなんて」（180頁）となっている。「午前一時ごろ」が、いつの間にかさらに「午前二時」（丑の三刻）まで一時間も引き下げられているのだ。これが単なるケアレスミスなのかどうかも含めて、小林氏の説明を伺いたい。

その上で、本論では『枕草子』の「夜をこめて」歌の示す時間について、小林論より少し早い丑の刻以前（午前一時前）を提案したい。それこそ必然的に「夜が深い」時間であり、「まだ夜が明けない」時間でもあった。それに連動して、「夜をこめて」の範囲についても、「夜半」が含まれるのだから、ここでは逆に「午後十一時から午前一時まで」とも解釈できそうだ。

それに対して小林氏は、行成の「夜をとほして」という言葉に注目された上で、

その残念の中身は、「夜をとほして、むかし物がたりもきこえあかさむとせしを」である（180頁）

ことは明白だ。

とされている。しかしこのことは必ずしも「明白」ではあるまい。確かに行成は無闇に早く退出したことの弁明として、反実仮想的・願望風に述べている。しかしながらこれが直接「夜をこめて」を導いているとはいいがたい。というのも、その後に函谷関・逢坂関と話が展開しているからである。

ともに虚構である点は一致しているものの、行成が「夜をとほして」(暁まで一緒に語り明かしたかった)と弁明したのに対して、清少納言はそれに対して「孟嘗君のにや」(暁以前に早く帰るための策略)と反論しているのだから、行成の「夜を通して」なら「一晩中」でもかまわないが、清少納言の「夜をこめて」歌には当てはまりそうもない。

## 六、継続動詞か瞬間動詞か

ところで小林氏は、「夜をこめて」に後接する動詞の用法を、継続動詞と瞬間動詞の二つに分類されている(190頁)。この指摘はその通りである。しかしながら清少納言の「夜をこめて」に後接する「空音にはかる」を継続動詞とされて、「一晩中」・「夜通し」という口語訳を施しておられる点はいささか納得しかねる。

行成は一晩中清少納言のところにいたかったといっているのだから、そう解釈することもできる。ただし行成は、丑の刻以前に帰っているのだから、帰った時点に注目すると、瞬間動詞としか解せない。清少納言が引用した函谷関の故事においても、たった一回の鳴き真似によって関所を「夜半」（開門よりずっと前）に通過しているではないか。

もちろん函谷関の故事とは違って、清少納言の歌を「たとえ午前三時まで（一晩中）繰り返し鶏の鳴き真似をし続けたとしても、逢坂の関は決して開きません」（あなたとはそんな仲ではありません）のように継続動詞として解釈することもできなくはないし、そう解釈している注釈書もある。行成に一晩中うそ鳴きをさせるのも、解釈としては滑稽味が増して面白いだろう。ただその場合、何故午前一時からになるのかの理由（根拠）が不明瞭である。実のところ行成は、丑の刻になる前まで清少納言のところにいた。その滞在時間は「夜をこめて」の時間帯に含まれるのではないだろうか。これを切り捨てる理由が私にはわからない。これが第五の意見である。

もともとこの章段は、後朝風な構成（虚構）になっていた。だから午前三時を告げる鶏鳴は、男女の別れの合図として機能しているはずである。それに対して「逢坂の関」は、その対極にある男女の逢瀬に機能するものである。たとえ同じ「関」であっても、時間前に通る函谷関と、男女の逢瀬を意味する逢坂の関では、その実態（ベクトル）が正反対になっている。そう考えた時、「鶏鳴」（鳥のそら音）が男女の逢瀬の妨げになるものではないこと、むしろ男女の逢瀬にまったく機能しないものであることに気づいた。これが私見（前稿）の主旨である。(8)

もう一度整理してみよう。行成にしても函谷関の故事にしても、定刻よりずっと早く帰っているることがポイントであった。ところが話が逢坂の関になった途端、ポイントが逢瀬に転換されている。従来はこの点を看過（軽視）してきたのではないだろうか。『枕草子』を研究されている藤本宗利氏は、これをあくまで後朝風の遊戯ととらえて、

その鶏の声は、きっと恐ろしい私のもとから早く逃げだしたくてうずうずしていた誰かさんがこしらえた、偽り事でございましたでしょう。

と斬新な訳を提示しておられる。(9) 函谷関の関守は騙せても、賢い関守である私は鶏の鳴き真似（うそ鳴き）に騙されて、まだその時間でもないのに関を開けてあなたを早く帰したりはしません、というユニークな新訳である。

従来の説は、清少納言と行成の恋愛を本気で考えていたようである。だから真面目に逢坂の関を男女の逢瀬として、清少納言がそれを拒否していると考えられてきた。しかしながらこれは両者とも擬似後朝という演出を楽しんでのことと見たい。というのも行成が清少納言のところから去るのは、その前提として既に逢坂の関を越えていることになるからである。それこそが『枕草子』世界の具現ではないだろうか。小林氏にしても、行成を「清少納言の恋人の一人」（178頁）とわざわざコメントされているのだから、そこから両者の会話が虚構であり遊びであることはおわかりになっているはずである。

ひょっとすると「夜をこめて」歌は、両義的な二重構造になっているのかもしれない。つまりどちらかが正しいのではなく、どちらの解釈も可能だということである。そもそも函谷関の関は、定刻になると開くものである。それを早く開けさせて通るために、「鳥の空音」が機能している点を重視したい。これは逢坂の関と違って早いか遅いかだけの問題であった。

それに連動することだが、「夜をこめて」歌の本文異同についてはどうであろうか。これまでほとんど問題になっていなかったようだが、「夜をこめて」歌の古い資料は二句目が「鳥のそら音に」本文になっている（『枕草子』も）。これだと下の句にもかかるので、「鶏の鳴き真似によって」と解釈するしかあるまい（小林論でも「に」本文）。その場合、「鳥のそら音」は比喩表現となる。

それに対して百人一首では「鳥のそら音は」となっており、「に」が「は」に改変されている。この場合は並列あるいは強意となり、函谷関における鳥の鳴き真似と、逢坂の関を通すことを別々というか対比して考えることになる。要するに「は」だと「夜をこめて」は上の句だけにかかる。だから「鳥のそら音」は逢坂の関とは無縁になる。というのも、逢坂の関は「鳥のそら音」で開くものではないからである。(10)

この改変が定家の作意（苦心）だとすると、定家は前述のようなベクトルのずれに気付き、それを解消するためにあえて並列の「は」に変更・改訂したのかもしれない（そうでも考えないと合理的な説明がつけにくい)。その定家の真意がこれまで伝わらなかったことで、こういった解釈のずれが生じているのではないだろうか。

## 七、和歌の用法

「夜をこめて」と後朝との結び付きについて、小林氏は「夜をこめて」を含む豊富な和歌の例をあげられて論じておられる。その御指摘は傾聴に値するものである。ただしはっきり午前一時を示す例は一例も見られない。後朝の歌ということで男女の別れの時刻(午前三時)が主題になってくるからである。小林論には引用されていないが、清少納言と恋仲だったとされている藤原実方の歌を例にあげてみたい。

女のもとより夜深く帰りてつかはしける　藤原実方朝臣
竹の葉に玉ぬく露にあらねどもまだ夜をこめておきにけるかな　(千載集八四五番)

これも典型的な後朝の歌である。詞書に「夜深く帰りて」とあって、歌に「まだ夜をこめておき(置き・起き)」とあるのだから、これは「一晩中・夜通し」ではなく、まさしくまだ「夜深」い時間に帰ったという意味であろう。

これに関連して、凡河内躬恒と壬生忠岑の問答歌の例をあげたい。

みつね

あはむとて待つ夕暮と夜をこめて行く暁といづれまされり　（躬恒集Ⅲ二四四番）

ただみね

待つほどは頼みも深し夜をこめて起きて別るることはまされり　（躬恒集Ⅲ二四五番）

まず躬恒が男女の逢瀬について、「待つ夕暮」と「行く（帰る）暁」とどっちが（辛さが）優っているかを尋ね、それに忠岑が歌で答える形式になっている（一種の優劣問答）。この二例は「夜をこめて」が中間にあるので、逢っている間中、つまり「一晩中」でも良さそうに思われる（その結果、暁になる）。ただし対比されているのは夕暮（逢う時）と暁（別れる時）であるから、必然的に「夜をこめて」は暁側にウエイトが掛かっているはずである。まして「夜をこめて起きて別るる」とあるのだから、ここは「一晩中行く」・「一晩中起きて（いて）」ではなく、「一晩中共寝して（した後で）」と解すべきであろう。それなら実方の歌も同様に考えられる。

ついでながら、「夜をこめて」歌の出典である『後拾遺集』には、もう一例「夜をこめて」の用例が収録されている。それは、

惟任朝臣にかはりてよめる　永源法師

夜をこめて帰る空こそなかりつれうらやましきは有明の月　（後拾遺集六六六番）

である。部立が恋二であることから、これも後朝の歌（代作）であることが察せられる。この歌も「一晩中」と解せないことはないが、男は後朝の別れをしなければならないのに、いつま

でも空に残っている有明の月がうらやましいと歌っている。これを「夜をこめて帰る」構文と見れば、「一晩中過ごした後で帰る」ということになる（ならざるをえない）。

以上、和歌における「夜をこめて」を検討した結果、午前三時以後の「あかつき」の時間帯と連動している例が複数あることがわかった（後朝の歌はむしろこちらが主である）。この点について小林氏は、

夜をこめてには、午前三時までの時間帯を意味する用法と午前三時以降を意味する用法と二つ存在する。（182頁）

と二種類の用法があることを述べられている。私としては「午前三時」で通せそうにも思えるが、もしそうなら「午前三時」に限定せず、「午前三時を中心とする前後の時間」とすべきではないだろうか。小林氏は、あくまで「午前三時まで」にこだわっておられるが、二つの用法があると認めていながら、その片方だけを強調されるのは論理的ではあるまい。これが第六の意見である。

## 八、まとめ

ここまで小林論の検証を通して、大きく六つの意見を提示してきた。確かに「夜をこめて」は日付変更時点である午前三時と深くかかわっている。一方、案外広い時間帯をカバーしてい

ることも見えてきた。だからこそ「夜をこめて」は、「午前一時前」の時間帯も含むことができるのである。

ここで問題を整理しておこう。「まだ夜の明けないうちに」系は、行成が去った時点や函谷関の故事を重視して口語訳しているのに対して、「一晩中」系は行成の願望を重視して口語訳している。「一晩中」を主張される小林氏は、これを好材料と見て「午前一時から三時」説を提唱されているわけである。ここに至って小林論の根拠は、『枕草子』の「丑になりなばあしかりなむ」の解釈にしかないことがわかった。他の多くの「夜をこめて」歌を検討しても、午前一時という具体的数値は浮上しないからである。ただし『枕草子』は「午前一時前」なので、逆に小林論の反証となる。

以上、「夜をこめて」を再検討してきた結論として、本論では狭義的な小林論ではなく、広義的な午後十一時から午前三時までを提案したい。小林氏が重視しておられた「丑になりなばあしかりなむ」は、午前一時前としか解釈できないからである。

これは小林論と大きく異なるように見えるが、実際は小林論を核としながら、その前の時間を少し加えただけのことである。そうなると清少納言の「夜をこめて」歌に関しては、瞬間動詞的に「午前一時前」と解釈することもできそうだし、継続動詞的に「一晩中」と解釈することも可能なのではないだろうか。というのも、両方とも「夜をこめて」の時間帯の範疇にあるからである。あるいは清少納言は、「夜をこめて」に両義的な意味を含ませているのかもしれない。

果たして午前一時から午前三時までに限定した方がいいのか、それともやや拡大した方がいいのだろうか。私としては「夜をこめて」も「夜もすがら」と同じ時間帯と考え、「夜もすがら」は「一晩中」、「夜をこめて」は「深夜に」と使い分けたい。これについては小林氏の反論を待って、さらなる「夜をこめて」の用例の検証や議論が必要になるであろう。[11]

なお、小林氏は定時法に基づくことで、「暁」を「夜明け」と厳密に切り離しておられる。[12]確かに定時法であれば、視覚的な太陽の明るさは不要となる。ただし多くの古語辞典が「夜をこめて」を「まだ夜が明けないうちに」としているのは、夜明け前の視覚が通用しない真っ暗な時間帯を想定しているからであろう（小林氏同様、それよりうまい言い方が見つからないのかもしれない）。もしそうなら、夜明けから遡る自然時法的な辞書の説明と、「暁」を起点とする定時法的な小林論とは、実のところ指している時間帯はさほど変わらない（重なっている）のではないだろうか。

## 注

（1）吉海直人「清少納言歌（六二番）の背景―行成との擬似恋愛ゲーム―」『百人一首を読み直す―

非伝統的表現に注目して―』（新典社）平成23年5月、同『『枕草子』「頭弁の、職にまゐりたまひて」章段について（教室の内外（3）所収）」同志社女子大学日本語日本文学24・平成24年6月参照。

（2）小林賢章氏「「夜をこめて」考」同志社女子大学学術研究年報62・平成23年12月

（3）小林氏は後に『「暁」の謎を解く平安人の時間表現』（角川選書）平成25年3月に「「夜をこめて」―いつ「鳥の空音」をはかったか―」として再録されているので、こちらから引用させていただいた。なお副題の「を」は「に」の方がふさわしいのではないだろうか。

（4）小林賢章氏「ヨモスガラ考」『アカツキの研究―平安人の時間―』（和泉書院）平成15年2月、同「夜もすがら・夜一夜」『「暁」の謎を解く平安人の時間表現』（角川選書）平成25年3月。ただし論点は「夜もすがら」の終了時間は午前三時ということに集中しており、開始時間は検討も論証もされていない。

（5）ただし小林氏は注4前著の「アカツキとヨハ」において、「ヨハは子の刻と丑の刻に対応する語であり、ヨナカは夜の真中で、子の刻ごろに対応する語である」と時間帯を区別しておられた。その後、お考えを変更・修正されたのであろうか。

（6）小林氏は、「通常なら、日付変更時点（午前三時）過ぎに旅に立つのだが、干潮の間に「みわたりのはま」を通り過ぎようとしたのだった。さすがに夜中に出発したので、疲れたのか、「みわたりのはま」を過ぎたあたりで、一服でもしたのだろう。それが、「まつばら（松原）のなかにとまりぬ」だ」（189頁）と解説されている。いつが干潮なのかわからないものの、ここは三渡の浜を過ぎようとしたが、暗くて道がよく見えなかったので、手前の松原で明るくなるまで待った、あるいは干潮の時刻まで待ったとは解釈できないのだろうか。

（7）吉海直人「『源氏物語』「夜深し」考―後朝の時間帯として―」古代文学第二次19・平成22年10月（『源氏物語』「後朝の別れ」を読む』（笠間書院）平成28年12月所収）。

（8）圷美奈子氏など「この歌は、実は、清少納言の失敗作として、この世に生み出された一首なのであった」（『続・王朝文学論解釈的発見の手法と論理』新典社・令和元年5月・87頁）と分析しておられる。

（9）藤本宗利氏『『枕草子』の宮廷文学的性格―「とりのそら音」をめぐって―」『枕草子研究』（風間書房）平成14年2月

（10）行成の「逢坂は人越えやすき関なれば鳥鳴かぬにも開けて待つとか」という返歌では、もはや「鳥の空音」も「鳥の音」も不要になっている。

（11）古い『亭子院歌合』に「しののめに起きて見つれば桜花まだ夜をこめて散りにけるかな」（二二番）がある。この歌には「まだ」があるので「一晩中散った」ではなく、「しののめ」になる前に（深夜のうちに）散ったと解すべきであろう。

（12）小林氏は『アカツキの研究―平安人の時間―』において、「アカツキ」の時間帯を午前三時から日の出前までと定義されていた。それが後の『「暁」の謎を解く平安人の時間表現』では、午前三時から午前五時までに訂正しておられる。そのため前著では、「アカツキ」の後半に「あけぼの」「しののめ」「朝ぼらけ」を位置付けることができたのであるが、近著ではそれができなくなっている。それもあって小林氏は、あらためて「アサボラケ考」同志社女子大学学術研究年報63・平成24年12月において、「朝ぼらけ」が「あかつき」と同様暗い時間帯（同一時間帯）であることを述べておられる。なお（注7）の吉海論は小林氏の前著を参考にして論じているため、「あかつき」の終了時間を夜明けにしていたので、小林氏の修正を受けて『源氏物語』「後朝の別れ」を読む』では、私なりに訂正して掲載している。

# 第十七章　俊恵法師歌（八五番）の「閨のひま」再考

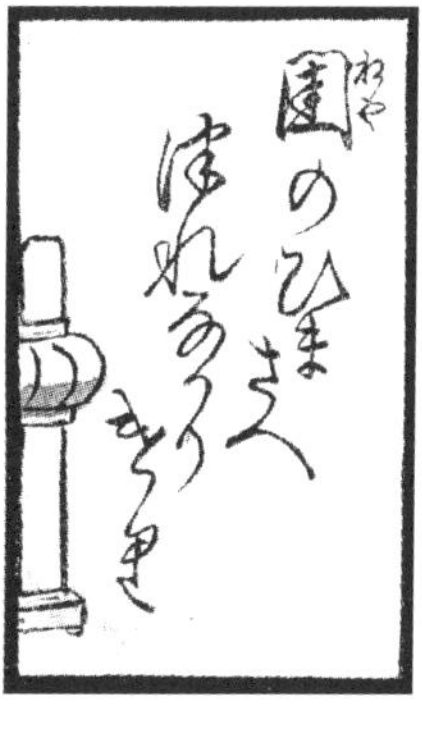

よもすがら物思ふころは明けやらで閨のひまさへつれなかりけり

## 一、問題提起

百人一首に撰入されている俊恵法師の、

よもすがら物思ふころは明けやらで閨のひまさへつれなかりけり　（八五番）

は、来ない男を待ちわびる女になりかわって詠んだ女歌である（決して法師の恋などではない）。本文に関しては、「明けやらで」か「明けやらぬ」かの異同が注目されている。それは下に続くかそこで切れるかの違いで、解釈が微妙に異なるからである。

室町以前の写本は「明けやらぬ」が多いが、江戸時代以降「明けやらで」が優勢になって現代に至っている。江戸時代的解釈によって古い本文が改訂されていることについては、もっと議論されてしかるべきであろう。本論では視点を変えて、「明けやる」の意味に注目してみたい。というのも、従来は「明けやる」を「夜が明ける」と解釈しており、そのためほとんどの注釈が、「閨のひま」から日の光（朝日）が射し込む（射し込まない）と訳しているからである。

例えば島津忠夫氏『新版百人一首』（角川文庫）では、「なかなか白んでくれない」と現代語訳されている（脚注には「なかなか明けきらないで」とある）。これは「明けやる」を「夜が明ける」（徐々に明るくなる）と理解してのことであろう。同様のことは鈴木日出男氏『百人一首』（ちくま文庫）でも、「いっこうに夜が明けきれず」と訳されている。また語釈には「夜が明けきらないで。秋の夜長である」とある。「秋の夜長」とするのは、もっとも「明けやらぬ」季節だからであろう。これに対して香川景樹は、「こは夜の長短にはかかわらず物おもふがゆゑに明けやらずといへる」（百首異見）としている。心的時間というわけである。

極めつけは有吉保氏『百人一首全訳注』（講談社学術文庫）の、

> 一首の眼目は下句にあり、「閨のひまさへつれなかりけり」という発想・表現に新しさがあり、男のつれなさを言外に感じさせると同時に、一条の光も射し込まない闇の状態は不安感や隔絶間を暗示させて巧みである。（353頁）

であろう。これを読めば、もはや付け足す言葉もなさそうに思えるのだが、ここであえて別の解釈を提起してみたい。

まず初句の「よもすがら」に留意すると、文脈的には「よもすがら」が過ぎた次の時間帯が重要なのではないだろうか[1]。もしそうなら、「よもすがら」は島津氏が「夜どおし」と訳されているように、基本的には夜が終る午前三時までの時間が経過したことになりそうだ（決して夜明けに直結しない）。午前三時と言えば、夏でもまだ真っ暗なはずである。当然その時間に空が白むはずはあるまい（雪や月なら可能か）。

するとこの「明く」は夜が明ける意味ではなく、もう一つの翌日になる（午前三時を過ぎる）意味と見たい[2]。その方が「よもすがら」からの時間の流れもスムーズになる。まして歌に「白む」という表現はないのであるから、積極的に朝日が射し込む以外の解釈を模索すべきであろう。

そこで本稿では、「明けやる」を夜が明けるのではなく日付が変わって午前三時になる意味だと仮定し、その上で「閨のひま」という表現の特殊性について、「月の光が射し込む」という解釈を提示してみたい。ただしこの歌は「で（ぬ）」とあるので、「月の光」ならば打消しであっても射し込むが、それが「日の光」だと現実には射し込まないという大きな違いがある。その点が盲点になっているのではないだろうか。

## 二、「閨のひま」の用例

まず「閨のひま」の用例を広く調べてみたところ、この俊恵歌（『千載集』所収）が勅撰集の初出であることがわかった。それは百人一首によく見られる特徴の一つだが、これ以前の使用例が認められないことには留意しておきたい。それどころか、広く私撰集や私家集に範囲を広げても用例は見当たらないので、これを歌語として認定することすらためらわれる（非歌語）。下って『新撰和歌六帖』に藤原知家の、

明けやらぬ閨のひまのみ待たれつつ老いぬる身には朝寝せられず　（二二三番）

が見つかったが、これは明らかに俊恵歌を本歌取りしたものであろう。それ以外に『建保四年

内裏百番歌合』に藤原忠信の、

時雨ゆく閨のひまだになきものをいかでか袖の色を染むらん　（一二二七番）

があり、また『夫木和歌抄』にも、

独り寝る閨のひまよりいる月や涙の浦にかげ浮かぶらむ　（八〇一四番）

とあった。これなど詞書に「題しらず新撰万葉」とあるので調べてみたところ、『新撰万葉』には、

独り寝るやどのひまよりゆく月や涙の岸にかげ浮かぶらむ　（四四八番）

と出ており、残念ながら「閨のひま」の初出ではなかった。ついでながらこの歌は『袋草子』にも、

独り寝る宿のひまより出づる月涙のゆかにかげぞうつらむ　（五二番）

という異伝で掲載されていた。いずれにしても定家は、こういった珍しい表現に目を留めていたことになる。

次に「閨のひま」を二つに分解して、上の「閨」（寝所）を調べてみたところ、すぐに『古今集』の、

君来ずは閨へも入らじこむらさき我がもとゆひに霜は置くとも　（六九三番）

が見つかった。「閨」だけなら歌語として確立していたわけである。参考までに『歌ことば歌

枕大辞典』（角川書店）で「閨」項を見たところ、

訪れる人もない荒れた寝所に独り寝るさびしさ、夜長の憂きことを月影・秋風・霰・霜などの景物とともに詠む。（吉野朋美氏執筆）

と説明されていた。ついでに『歌ことば歌枕大辞典』で「ひま」項を調べてみると、

宿の隙から漏りくる雨や月の光、隙を吹きぬける風は、侘しさを募らせるものとなる。（本間洋一氏執筆）

と記されていた。説明を見る限り、「閨」「ひま」ともに独り寝のさびしさをつのらせる語として用いられる歌語ということになる。「閨」と「ひま」は案外近い語であった。

念のために「閨のひま」に近い表現がないかどうか探してみたところ、

・冬の夜にいくたびばかり寝覚めして物思ふ宿のひましらむらん（後拾遺集三九二番）
・雨降れば閨の板間もふきつらん漏りくる月はうれしかりしを（後拾遺集八四七番）
・閨の上のひまをかぞえて漏る月は空よりもけにくまもなきかな（散木奇歌集四九九番）

大夫公俊恵が坊にかたたがへにまかりたりし夜、雨のふり侍りしに、坊主のもとよりいひつかはして侍りし

・月もれとまばらにふける閨の上にあやなく雨やたまらざるらん（頼政集六六四番）

返し

・主からぞ思ひしらるる雨の漏る閨の板間を月のゆるとは
（同六六五番俊恵）

などの例が見つかった。なお前述の「宿のひま」は『新撰万葉』既出の表現である。「閨」と「宿」には案外互換性があるようだ。

## 三、「閨のひま」と月光

歌に二例あがっている「閨の板間」に関しては長谷川哲夫氏が、

普通「閨のひま」すなわち寝室の屋根の板の隙間から漏れてくるのは、当時の歌においては月の光か雨もしくは風である。
（『百人一首私注』515頁）

と述べられていた。なるほど二例とも月や雨が漏れている。その上で長谷川氏は、

ところが、この「よもすがら」の歌は、朝の光が漏れてくるように詠んでいる。そこにまた新鮮味があったものと思われる。
（同）

と分析しておられる。島津氏をはじめとして、市販されている本のほぼすべてが「日の光が射し込む」と解釈しているのであるから、長谷川氏がこれを月の光と取らずに日の光と見ておられるのももっともである。そこに斬新さが認められるのであればなおさらであろう。

ただし、先に揚げた『歌ことば歌枕大辞典』の解説を見ると、「閨」には「夜長の憂きことを月影・秋風・霰・霜などの景物とともに詠む」とあり、「ひま」にも「宿の隙から漏りくる

雨や月の光」と解説してあった。『大和物語』六七段の、

君を思ふひまなき宿と思へども今宵の雨は漏らぬ間ぞなき

はその好例であろう。そうすると俊恵歌の「閨のひま」表現にしても、まずは月の光が射しこむと考えてみるのが常套ではないだろうか。少なくとも『歌ことば歌枕大辞典』には、「日の光」が射し込むといったことは一切記されていないのだから。

おそらく長谷川氏は、先にあげた「冬の夜にいくたびばかり寝覚めして物思ふ宿のひましらむらん」（後拾遺集・増基法師）を本歌と認定することで、そこに詠まれた「しらむ」を俊恵歌に適用しておられるのであろう。確かにそれも一つの理解ではあるが、この歌は前述のように未だ夜が明ける時間に到達していないことに留意すべきである。

ここでヒントになるのが時間表現である。改めてこの歌の「夜もすがら→明く」という構文に注目すると、「夜もすがら」が過ぎると「暁」になることがわかる。もちろん「暁」の到来は、男が女の元から帰る「後朝の別れ」の象徴であるだけでなく、前述のようにもはや待っている男が来ないことをも暗示する。(3)この歌は俊恵法師が女の立場で恋人（男）が訪れない女性の寂しさを詠んだ歌である。(4)こういった詠み方は決して珍しいものではなく、百人一首の中にも、

・今来むといひしばかりに長月の有明の月を待ち出でつるかな　（素性）

・やすらはで寝なましものを小夜更けてかたぶくまでの月を見しかな　（赤染衛門）

などと類歌が見出せる。しかも二首とも月が重要な要素として詠み込まれているではないか。

仮にこれを夜明けとすると、「よもすがら」が過ぎてから夜が明けるまでにはかなりの間（時間の経過）を必要とすることになる。その時間のずれはどうにも解消できない。従来は安易に朝の光と訳されていたが、時間的にも歌語的にもここで射し込むのは有明の月の光とすべきである（「しらむ」は薄明るくなること）。私自身、これまでこういった時間表現に無頓着であったことを猛反省したい。(5)これは最初に述べた江戸時代的解釈と通底する見方でもあった。

## 四、まとめ

さて、ここまでこの歌の「明けやる」には、夜が明けるとするか暁になる（日付が変わる）とするかの二通りの解釈が存することを指摘してきた。これを暁になると解釈して、「月の光」が射し込むと解すると、次の西行歌「嘆けとて」（八六番）も「月」を詠んだ歌であることから、対照的な配列になっていることが見えてくる。

加えて「つれなし」という重要語に注目すると、百人一首に撰入されている壬生忠岑の、

有明のつれなく見えし別れより暁ばかり憂きものはなし　（三〇番）

との関連も浮上する（本歌取りか）。男女の「暁の別れ」には、有明の月が機能していることに

留意したい。

それは「後朝の別れ」だけにいえるのでなく、男が来なかった暁にもあてはまる。月の光は、男が帰るあるいは男が来なかった象徴となっているからである。逆にそれが日の光では、「後朝の別れ」の雰囲気にも、来ない男を待ち続けた女の思いにも適していないと思われるのだが、いかがであろうか。

以上、「明けやる」を暁になると解釈することで、射し込むのは「月の光」とすべきであることを提起してみた。もちろんこれだけでは、従来の「日の光」説を完全に否定・払拭できそうもない。むしろ「ひましらむ」表現を受けて「日の光」としたことが俊恵歌の斬新さともいえそうだが、一度は伝統的な「月の光」として考えてみることも必要ではないだろうか。もちろんどちらであっても、「閨のひま」が十分斬新な表現であることは変らない。

**注**

（1）「よもすがら」については、小林賢章氏「夜もすがら・夜一夜」『「暁」の謎を解く平安人の時間表現』（角川選書）平成25年3月参照。この中で小林氏は「よもすがら」を午後十一時から午前三時までとされた上で、

これまで平安時代の古典作品を読む時、動詞「明く」があれば、なんの躊躇もなく、夜明け

と考えられてきたのだった。決して、その用例が個々に検討されて、これは日付が変わる意味だ、これは夜明けの意味だとなったわけではないのだ。いうならば、なんとなく夜明けの意味だと現代の『源氏物語』『枕草子』などの平安文学の読者たちが思いこんできただけなのだ。（105頁）

と警告を発しておられる。この提案に賛同したい。

（2）小林賢章氏「「アク」考」『アカツキの研究』（和泉書院）平成15年2月参照。

（3）糸井通浩氏編『小倉百人一首を学ぶ人のために』（世界思想社）では、「闇の中で女は、妻戸の隙、格子の隙を見つめている。「明けやらぬ」は夜が、でありながら、閨の戸を開けやらぬ、とも響く語で、そこに、すでに男の訪れをすなおには待つことができない女の、「夜もすがらものおもふ比」の閉ざされた心の形がある。明けやらぬ閨の隙のつれなさは、女自身の心のつれなさでもある。」と、「明く」を「開く」の掛詞と説いている。これは「閨のひま」を「閨の戸の隙」と解しているためであろう。もっとも「閨のひま」は屋根の板の隙間とも考えられる。その方が雨や月の光が入りやすいからである。

（4）ただし長谷川氏は、「『定家八代抄』の配列（恋二）では、相手がつれなくて逢うことができず、長い間物思いをしている恋の段階を詠んだ歌の中に置かれている。この歌もそのように定家は理解していたものと考えられる。通説では、女性の立場で詠んだとされているが、必ずしもそうとは言えまい。」と男性の立場で詠んだ歌とされている。

（5）私自身、吉海直人『百人一首で読み解く平安時代』（角川選書）平成24年11月などで、迂闊にも「早くしらんでくれればよいと思いますが、なかなか夜は明けてくれず」と訳していた。これは「夜通しつれない（来ない）あなたのために物思いしているこのごろは、早く明けてほしいと思うが、なかなか暁（翌日）にならないので、（来ないあなたばかりか）寝室の隙間から漏れてくる月の光さえつれなく思われることです。」と訂正したい。

# 第十八章　参議雅経歌（九四番）の「さ夜更けて」の掛詞的用法

み吉野の山の秋風さ夜更けて故郷寒く衣うつなり

## 一、問題提起

順徳院の『八雲御抄』によれば、参議雅経は他人の歌の詞を盗用するという悪い癖があったらしい。百人一首にとられている、

み吉野の山の秋風さ夜更けて故郷寒く衣うつなり　（九四番）

歌にしても坂上是則の、

み吉野の山の白雪積もるらし古里寒くなりまさるなり　（古今集三二五番）

歌を本歌取りしているのだが、一見して初句・四句が一致していることがわかる。本歌の表現とあまりにも近似していることから、盗歌として非難されてもやむをえない。しかしながら雅経は、本歌の季節を冬から秋に置き変え、さらに「白雪」という視覚的イメージを、砧のかもしだす聴覚に転移している点、むしろ本歌取りの成功例として高く評価すべきであろう。

もっとも、砧を打つ情景にしても決して雅経の独創なのではなく、李白の「長安一片月、万戸打衣声、秋風吹不尽」（「子夜呉歌」）等が踏まえられているとされている。それによって夫を兵役にとられた妻が、夫の帰りをじっと待つという漢詩の伝統的なイメージが、雅経歌に哀愁感を付与している。つまりこの歌の特徴は、古歌と漢詩という複雑な引用になっている点にあるといえる。そして漢詩を踏まえつつも、吉野の秋風に重点をおいているところに新鮮味があ

るわけである。

ところで砧を打つ音を、秋の夜の静寂として積極的に享受するのは、やはり中世的美意識ではないだろうか。砧の早い例としては既に『万葉集』に見られるものの、そこにあるのは生活臭であって、美意識は認められない。『源氏物語』夕顔巻の「白妙の衣うつ砧の音もかすかに」にしても、残念ながらそれは庶民の生活を浮き彫りにするための小道具であって、情景美として描写されているわけではなかった。つまり砧の音は、決して現実の風景（庶民生活）として称讃されるものではなかったのである。

ただし夕顔の例にしても、白楽天の「聞夜砧《やちん》」が踏まえられており、それによって構築された心象風景として、『源氏物語』の享受史の中で美的に昇華されているのかもしれない。試みに勅撰集で「砧」の用例を調べてみたところ、当然三代集には全く見られなかった（非歌語）。永承四年（一〇四九年）十一月九日の内裏歌合において、初めて「擣衣《とうい》」が歌題として登場し、四首の歌が詠まれている（そのうちの三首が『後拾遺集』に撰入）。その後『千載集』に五首撰入し、そして『新古今集』に至って十二首も採られている。

どうやら「砧」は新古今時代に、哀愁を帯びた歌語として流行したようである。もちろん「衣打つ」という表現なら、既に紀貫之の「風さむみわが唐衣うつ時ぞ萩の下葉も色まさりける」（拾遺集一八七番）がある。その先駆的価値は認められるものの、貫之歌はあくまで季節の到来を「衣うつ」ことによって知るという趣向であり、音による美の構築にまでは至っていない。

## 二、「小夜更けて」に注目

古来、吉野山の歌と言えば、必ずといっていい程「雪」が詠まれてきた。『後拾遺集』あたりから「桜」の歌が増大し、特に西行以降に爆発的に流行している。しかしそれ以前は雪（遅い春を待つ心）が本命であり、本歌たる是則歌がまさにその好例であった。

それに対して雅経歌は、これまで無縁だった吉野と「砧」を結びつけているのである。秋の夜の静寂の中、吉野山から冷たい風が吹いてくる。その風に乗って、どこからともなく聞えてくる砧の音（冬支度？）によって、故郷の寒さが一層身にしみる。吉野の冬はもうそこまでやってきているのだ。

このように解釈すると、いかにも臨場感溢れた実景歌のように思われるが、それこそがこの歌の構成の狙い目であった。というのも、これはあくまで「擣衣の心を」という題で詠まれた心象風景だからである。作者は歌枕たる吉野のイメージを微妙に変容させ、故郷の内包する情趣の中に砧の音を響かせることにより、聴覚的な幻想世界（物語的情緒）を具現しているのである。

ところで雅経歌において、「秋風」と「さ夜更けて」の結びつきはしっくりしていないのではないだろうか。一見スムーズに流れているように見えるので、これまで問題にされたことはなかったようである。しかしながらよく考えてみると、「秋風」は「吹く」ものであるから、時間的経過を意味する「さ夜更けて」には直接つながらない。その後の歌詞をたどってみても、「秋風」を受ける語はこの歌にはどこにも見当たらない。

それにもかかわらず、現代語訳を見ると、「秋風が吹く」と補って訳しているものが少なくない（ほとんどすべて）。島津忠夫氏の『新版百人一首』（角川ソフィア文庫）でさえも、

吉野の山の秋風が、夜更けた感じの音を立てて吹き渡り、

と、「吹き渡り」が補われていた。これがこの歌で看過されてきた最大の問題点ではないだろうか。島津氏の場合、さらに「夜更けた感じの音を立てて」と聴覚的な説明まで付け加えられている。

これは島津氏なりに訳を工夫されている証拠であろう。少なくとも安易に「秋風が吹く」としてはいない。あるいはこの歌がすんなりと続かないことを理解された上で、このように苦心して訳されているのかもしれない。そのことは脚注に、

さむしろや待つ夜の秋の風ふけて月をかたしく宇治の橋姫　（新古今集四二〇番）

と定家の歌が引用されていることからもうかがえる。そこで次に「さむしろや」歌に詠まれて

いる「風ふけて」に注目して考察してみたい。

## 三、新歌語「風ふけて」

そもそも「更く」は下二段活用の動詞であるから、連用形は「更け」となる。それに対して「吹く」は四段活用の動詞なので、連用形は「吹き」となる。たとえ終止形は同じであっても、連用形は異なっている。そういった文法的な問題があるにもかかわらず、定家は秋風が吹くことを「風吹きて」ではなく、「風ふけて」と詠じているのである。

実はこの「風ふけて」は、鴨長明の『無名抄』において、珍しい表現の例としてあげられているものであった。そこで調べてみたところ、

いはゆる「露さびて」「風ふけて」「心の奥」「あはれの底」「月の在明」「風の夕暮」「春の故郷」など、始め珍しくよめる時こそあれ、　（大系本『歌論集連歌論集』86頁）

云々と、当時の新歌語が掲載されている中に「風ふけて」も並んで入っていた。(1)

前の定家の歌は建久元年（一一九〇年）の『花月百首』で詠まれた歌で、「風ふけて」を詠み込んだ歌としては最も早いものと思われる。ということは、定家が発明した造語（新歌語）という可能性も高い。その後『六百番歌合』（建久四年頃成立）の中で慈円が、

思ひかぬる夜半の袂に風ふけて涙の川に千鳥鳴くなり　（一〇五二番）

と詠んだことに対して、判者の俊成（定家の父）が「夜半の袂に風ふけてといひ、涙の川に千鳥なく也といへる、姿詞共によろしく聞こゆ」と判じて勝ちにしたことから、新歌語として御子左家歌人達の中で容認・定着していったことがうかがわれる。(2)

おそらく島津氏は、定家の「風ふけて」歌を引用することで、「さ夜ふけて」が「風ふけて」の影響を受けた新表現と考えておられるのではないだろうか。そうなると「風ふけて」と同様に、「小夜更けて」も「風が吹く」意味と見ておられることになる。要するに「ふけて」は、「更く」に「吹く」が掛けられた新種の掛詞ということになりそうだ。

## 四、掛詞「ふけゆく」

さらに「風ふけて」に似た例として、西行の、

秋風のふけゆく野辺の虫の音にはしたなきまで濡るる袖かな（山家集四四八番）

もあげておきたい。ここでは「秋風のふけゆく」という表現に変容しているが、これも「風ふけて」の延長線上にあると見てよかろう。(3)

なおこの「ふけゆく」については『後撰集』に、

・短か夜の更けゆくままに高砂の峰の松風吹くかとぞ聞く（一六七番）

・秋風にいとどふけゆく月影を立ちな隠しそ天の川霧（三三六番）

とあるのが勅撰集の初出と思われる。ただし一六七番の方は「夜の更け」と「松風吹く」が分離しており、まだ掛詞にはなっていない。それに対して三三六番は「秋風に」「ふけゆく」と続くので、掛詞としての萌芽を見ることができそうである。ただしその後も用例はほとんど見あたらず、明らかに掛詞となっている例は下って『新後拾遺集』にある、

　小夜ごろも打つ音寒し秋風のふけゆく袖に霜や置くらん　（新後拾遺集四二五番家隆）

　時雨つるよひのむら雲さえかへりふけゆく風にあられ降るなり　（新後拾遺集五二〇番）

の二首くらいである。(4)

　ところが詳しく調べてみると『源氏物語』夕霧巻に、

　風いと心細う更けゆく夜のけしき、虫の音も、鹿のなく音も、滝の音も、ひとつに乱れて艶なるほどなれば、　（新編全集夕霧巻408頁）

とあることがわかった。(5)これは散文（地の文）だが、「風いと心細う吹く」が掛詞で「更けゆく夜」と続けられていると見て間違いあるまい。また『紫式部日記』にも、

　年暮れてわがよふけゆく風の音に心のうちのすさまじきかな　（玉葉集一〇三六番）

と詠まれている。これについて萩谷朴氏の『紫式部日記全注釈』には、

　「ふけゆく」には、夜の更けることと、年齢の闌《た》けることとが掛けられている。（下126頁）

と掛詞の技法として解説されているが、「風」との関連については言及されていない。しかし

ながらここは下との続きとして「吹く風」も掛けられていると見るべきではないだろか（三重の掛詞）。そうなると定家は『源氏物語』や『紫式部日記』の「ふけゆく」「風」を参照して、「風ふけて」という造語に応用しているとも考えられる。

下って謡曲『松虫』の詞章にも、「秋の風ふけゆくままに長月の有明寒き」云々と出ていることをあげておきたい。ここには「長月の有明の月に秋ふけてうつ音寒しあさの狭衣」（新続古今集一七四三番）が踏まえられているが、肝心の本歌は「ふけて」を掛詞として用いてはいない。また謡曲『八島』にも「声も更けゆく浦風の、声も更けゆく浦風の」とある。これらも「吹く」の掛詞と見るべきであろう。

## 五、まとめ

「小夜更けて」について、もう少し詳しく検証してみたい。ご承知のように百人一首には、「小夜更けて」が二回用いられている。もう一首は赤染衛門の、

やすらはで寝なましものを小夜更けてかたぶくまでの月を見しかな

である。こちらの方は一般的な時間表現としての「小夜更けて」でよさそうである（掛詞不要）。そうなると百人一首には、用法の異なる二種の「小夜更けて」が撰入されていることになる。

そこであらためて用例を調査してみたところ、「秋風」に続く「小夜更けて」が、雅経と同

時代に詠まれていることがわかった。先の『六百番歌合』にも、

呉竹にすぐる秋風小夜更けて祭るほどにや星合の空　（三一五番兼宗）

と出ているし、後鳥羽院も、

住吉の松に秋風小夜更けて空よりをちに月ぞさやけき　（老若五十番歌合）

と詠じていた。これによれば、既に「秋風小夜更けて」は歌語表現として市民権を得ていたことがわかる。

そのためか『百人一首三奥抄』の「み吉野」歌注において、

秋風小夜更けてといふ詞、秋ふけかぜ吹夜のふけたるみつのものを兼たり。

（『百人一首三奥抄・百人一首改観抄』和泉書院61頁）

と三重の掛詞説が唱えられている。これが「小夜更けて」掛詞説を提唱した嚆矢かと思われる(3)。そうなると「小夜更けて」を掛詞とする説は、江戸時代に既に存していたことになる。

それにもかかわらず、市販されている百人一首本で、「更けて」を掛詞と説明しているものは見当たらない。ほぼ全ての百人一首本は、掛詞説を積極的に容認しないまま、「秋風が吹く」と口語訳して済ませているのである。それは古典文法（いわゆる学校文法）が重視された弊害かもしれない。掛詞を認めると、動詞の活用の違いを説明しにくくなるので、そこまで踏み込めなかったのであろう。あるいは「吹く」が省略されていると考えているのであろうか。

本論では百人一首雅経歌の解釈として、「風ふけて」を考案した定家は、雅経歌の「小夜更けて」を新しい掛詞表現としてプラスに評価していた、と掛詞説を積極的に提起したい。だからこそ定家はこの歌を百人一首に撰入させたのである。

## 付記

この問題はこれだけでは終らない。というのも、土井晩翠の詩集『天地有情』に収められている有名な「星落秋風五丈原」の詩に、「祁山悲秋の風更けて」とあるからである。これは前掲の定家の歌などを踏まえた表現と思われるが、そういった経緯を知らなければ、表現としての疑義（古典文法としての誤り）が唱えられてもおかしくあるまい。

この表現の奇妙さについて真っ先に言及しているのは、推理小説作家の北村薫氏であった。北村氏は著書『詩歌の待ち伏せ２』（文春文庫）において、国歌大観で「風ふけて」の用例を丹念に調べられ、また『歌ことば歌枕大辞典』（角川書店）まで引用されて述べられており、和歌文学研究者にとっても看過できないものと思われる。ただし「小夜更けて」への言及まではなされていないので、本稿であらためて総合的に考察してみた次第である。

掛詞については、多少の文法的難点を大目に見て、積極的にその広がりを許容すべきではないだろうか。少なくとも定家はその路線にあることを、「小夜ふけて」から明らかにした次第である。

**注**

（1）ただしその中の「露さびて」「あはれの底」「月の在明」「風の夕暮」は用例未詳（歌に用いられた例見当たらず）とされている。

（2）『歌ことば歌枕大辞典』（角川書店）の「更く」項には、「定家の「風ふけ」や「露ふく」「音ふく」などの表現が流行し、鴨長明『無名抄』はこれを新風的表現の典型とする。」（山本登朗氏執筆）と説明されている。また長谷川哲夫氏『百人一首私注』（風間書房）平成27年5月参照。なお謡曲『野宮』にも「野の宮の森の木枯らし秋更けて」とあり、これも掛詞になっていると見たい。

（3）上條彰次氏「藤原雅経「み吉野の」歌」『百人一首研究集成』（和泉書院）平成15年2月参照。ただし上條氏は「秋ふけ」の掛詞は認めておられない。

（4）その他、「聞けば我が涙ももろし秋風のふけゆく夜半の庭の萩原」（延文百首二五三八番）・「風つらきもとあらの小萩袖に見てふけゆく夜半におもる白露」（六百番歌合六九五番）なども掛詞の例としてあげられる。

（5）この一文について、『岷江入楚』では「此段の景気、詞のつづき、言語にのべがたし」と評している。

# 第十九章　従二位家隆歌（九八番）の「夏のしるし」に注目して

風そよぐならの小川の夕暮はみそぎぞ夏のしるしなりける

## 一、問題提起

従二位家隆の、

風そよぐならの小川の夕暮はみそぎぞ夏のしるしなりける　（九八番）

歌については、先に「ならの小川」表現に注目して論じたことがある。[1]しかしこの歌に関してはそれで終わりではなく、まだ「風そよぐ」や「夏のしるし」表現の検討が残されている。そこで本論では、あらためて「夏のしるし」に注目し、その表現の独自性（特殊性）について考察してみた。

問題の家隆歌は、勅撰集の部立では夏の歌に分類されている。しかし内容的には晩夏から初秋への季節の変わり目が詠まれている。夕方の風の涼しさは秋を感じさせるが、「水無月祓い」の禊ぎという年中行事が、まだぎりぎり夏であることの証拠であると、暦と皮膚感覚のずれを巧みに詠じているのである。

ただし家隆歌は写実ではなく、詞書に「寛喜元年女御入内屏風」とあるように、屏風歌として観念的に詠まれたものである。だからこそ「ならの小川」の所在地も不明だったのである。

ではこの歌の「夏のしるし」という表現は、歌語として確立しているのだろうか。そこで夏だけでなく、他の季節（春・秋・冬）の「しるし」についても調べることで、家隆歌の特徴を浮き彫りにしてみたい。

## 二、勅撰集の「季節＋しるし」の用例

最初に家隆歌の本歌とされている『拾遺集』神楽歌の、

　みそぎする今日唐崎におろす網は神のうけひくしるしなりけり　（五九五番）

をあげておきたい。[2] これも写実ではなく障子絵歌であり、屏風歌である家隆歌と成立事情が類似している（ただし特定の場所か否かの差違がある）。また素材や語句の一致も認められるので、これを本歌と断定してもよさそうである。ただし『拾遺集』では「しるしなりけり」とはあっても、その上に季節を表出している語が用いられていないので、その点は大きく相違することになる。[3] というより本歌取りの技法として、意図的に主題・表現を変えたのであろう。

では「しるし」は季節（春夏秋冬）とどのように結びついているのであろうか。そこで「しるし」を国歌大観で調べてみたところ、『万葉集』や『古今和歌六帖』などには用例が見当たらなかった。また勅撰集にも意外に用例が少ないことが判明した。しかも『古今集』以下の八代集には季節と結びついた用例がまったく見当たらず、歌語としては確立していないことが明らかになった。なお『金葉集』三奏本には掲載されていないが、二奏本には、

①いつしかと春のしるしに立つものは朝の原の霞なりけり　（六番）

という歌が出ていた(4)。これが条件付きながらも、季節の「しるし」を詠じた勅撰集初出例ということになる。

続く八代集以降では、家隆歌の出典である『新勅撰集』に複数の例が見られる他、少ないながらも次の八例を拾うことができた。

②風そよぐならの小川の夕暮れはみそぎぞ夏のしるしなりける　（新勅撰集一九二番）
③神無月残るみぎはの白菊は久しき秋のしるしなりけり　（新勅撰集四七八番）
④神代より変らぬ春のしるしとて霞渡れる天の浮橋　（続後撰集一一番）
⑤深緑色も変らぬ松がえは藤こそ春のしるしなりけれ　（続拾遺集一四一番）
⑥難波江や霞の下の澪標春のしるしや見えて朽ちなん　（続拾遺集四七九番・家隆）
⑦難波潟入江に立てる澪標霞むぞ春のしるしなりける　（玉葉集二三番）
⑧いたづらに咲きて散りぬる桜花昔の春のしるしなりけり　（新拾遺集一六九番）
⑨立ちかへる春のしるしは霞しく音羽の山の雪のむら消え　（新後拾遺集二番）

これらの用例から、季節としては「春のしるし」がもっとも多く、九例中七例も詠まれていること、逆に「冬のしるし」が一首も詠まれていないことがわかった。要するに勅撰集の流れとしては、『金葉集』で初めて「春のしるし」が詠まれた後、『新勅撰集』に至って「夏のしるし」「秋のしるし」がそれぞれ一例ずつ新たに登場していることになる（季節の拡大）。仮に

『金葉集』二奏本の例を認めなければ、それこそ家隆歌が勅撰集でもっとも早い例の一つということになる。

ところで「春のしるし」の用例が多いことは、春の訪れを待ちわびる心情として当然であろう。(5)という以上に、夏秋は各一例、冬は皆無であるから、春以外は歌語として成立していたとは言いがたい。なお「秋のしるし」に関しては、類似表現として、

ことの葉も霜にはあへず枯れにけりこや秋はつるしるしなるらむ
（拾遺集八四一番・能宣）

が見つかった。これは必ずしも「秋のしるし」ではないものの、季節の推移を「しるし」でとらえている点が注目される。しかも秋が果てたら冬になるので、これはむしろ「冬のしるし」に近接した例ということもできる。

## 三、勅撰集以外の用例

もちろん「冬のしるし」がまったく和歌に詠まれなかったというわけではない。勅撰集以外の用例を探してみたところ、

初雪は冬のしるしに降りにけり秋篠山の杉の梢に
（西行聞書集一六一番）

いつしかと冬のしるしに龍田川紅葉閉ぢまぜ薄氷せり
（長秋詠草五一番）

限りあれば冬のしるしに降りつもる雪ゆゑにこそ春秋も見れ　（拾玉集五五二八番）

いつしかと冬のしるしに見ゆるかな雪降りにける三輪の杉むら　（右大臣家歌合二三番）

の四首が見つかった（「初雪」が冬の代表）。かろうじて平安末期には用例が存することになりそうだ。

それにしても「春のしるし」がもっとも多く詠まれていることに変わりはない。そのことは勅撰集以外で、

吉野山雪には跡も絶えにしを霞ぞ春のしるしなりける　（信明集二七番）

枝分けて匂ひやすらむ梅の花年の内なる春のしるしは　（兼澄集四六番）

沢田川瀬々のむもれ木あらはれて花咲きにけり春のしるしに　（好忠集五三五番）

鶯の声を待つとはなけれども春のしるしに何を聞かまし　（公任集一九一番）

のどかなる風のけしきに青柳のなびくぞ春のしるしなりける　（経信集二三番）

山里は積れる雪のいつしかと消ゆるぞ春のしるしなりける　（散木奇歌集三九番）

三輪の山杉間を分けて尋ぬれば花こそ春のしるしなりけれ　（散木奇歌集六七番）

をの山の春のしるしは炭がまの煙よりこそ霞みそめけれ　（清輔集四番）

いつしかと三笠の原の朝霞あやしやなにの春のしるしぞ　（教長集二番）

逢坂の関の杉原霞立つ春のしるしは三輪も尋ねし　（教長集七番）

月読めばまだ冬ながら咲きにけるこの花のみか春のしるしは　（教長集一二番）
朝霞春のしるしにいつしかと目に立つものは霞なりけり　（教長集三三番）
梓弓春のしるしにいつしかとまづたなびくは霞なりけり　（後葉集四番）
梓弓春のしるしやこれならん霞たなびく高円の山　（月詣和歌集一〇番）
何事を春のしるしに出でつらん雪消えやらぬ谷の鶯　（月詣和歌集三一番）
君が折る峰のわらびと見ましかば知られやせまし春のしるしも　（源氏物語椎本巻六四九番）
雪と散る花の下行く山水のさえぬや春のしるしなるらむ　（今鏡九七番・堀河）

など、平安中期以降の例が少なからず認められることからも明らかである。必ずしも『金葉集』に頼らなくても、かなり早い時期、少なくとも平安中期頃には「春のしるし」が歌語として確立していたといえそうだ。というより「―のしるし」は、平安中期以降に成立した新しい表現ということになる。

では、「春のしるし」として相応しいものは何であろうか。そこであらためて「春のしるし」を詠じた歌を一覧してみると、やはり「霞」を詠み込んだ歌が非常に多いことに気付く。どうやら冬から春への季節の変わり目において、「春のしるし」となっているのは、「鶯の初音」や「雪解け」「梅の開花」などではなく、「霞」という気象現象が春の到来を感じさせる最大の風物であったことになりそうだ。

## 四、「秋のしるし」について

用例的に「春のしるし」に続くのが、春と対極をなす「秋のしるし」である。これも心情として納得される。「春」よりも用例はかなり少ないながらも、

けさ見れば色づきにけり小萩原花こそ秋のしるしなりけれ　（故侍中左金吾家集六六番）

いとどしくおぼつかなさやまさりなむ霧立ちわたる秋のしるしに　（相模集五八番）

今日くれば秋のしるしに龍田姫紅葉の錦織りそめてけり　（下野集一六六番）

久方の天のおしでやこれならん秋のしるしと見ゆる月影　（清輔集一五八番）

人心秋のしるしの悲しきに枯れゆくほどのけしきなりけり　（堤中納言物語一九）

などが見つかった。「秋のしるし」にしても、平安中期には既に詠まれていたことがわかる。ただし春の「霞」に対して、秋の「霧」は意外に少ないようである。また期待されていた風の涼しさもほとんど詠まれていないことがわかった。前述の『新勅撰集』四七八番など、季節は神無月（冬）ながら、白菊が「秋のしるし」と詠じられており、季節の変わり目というより、季節の名残としてとらえられている。

これが「夏のしるし」になると用例は激減し、古い例としては、

杉立てる門ならねども垣根には夏のしるしに咲ける卯の花
（教長集二〇九番）

おのづから木の間漏りくる日かげこそさすがに夏のしるしなりけれ
（文治六年女御入内和歌二九一番）

くらいしか見当たらない（教長は「春のしるし」を四首も詠んでいる）。それは夏の訪れが必ずしも待ち望まれるものではないから当然であろう。

では何故家隆は、あえて「夏のしるし」を詠じたのだろうか。そこであらためて「風そよぐ」歌を見ると、ここでは必ずしも夏の訪れが歌われているのではなく、むしろ秋の訪れが主題になっていることに気付く。まだ暦の上では夏（晩夏）なのに、夕暮れに吹く涼しい風に秋（初秋）の訪れを察知していることが眼目であった。この発想は『古今集』の、

秋来ぬと目にはさやかに見えねども風の音にぞ驚かれぬる
（一六九番敏行）

を踏まえていると見て間違いあるまい。その上で視覚と聴覚・触覚のずれを問題にし、あえて「夏のしるし」を表出することで、かえって秋の到来を看取させているのである。素直に「秋のしるし」とせず、ひねって「夏のしるし」と表現した点こそ、家隆歌の巧みさ・斬新さといえそうだ。

従来は定家が『明月記』に「今度歌頗非秀逸」とか「今度宜歌唯六月祓許尋常也」と記していることに引きずられて、この歌の斬新さに思いが及ばなかったことを反省したい。

## 五、まとめ

以上、家隆歌の「夏のしるし」に注目し、その特殊表現の用例を調査・分析してみた。その結果、家隆歌の「しるし」は勅撰集では『拾遺集』・二奏本『金葉集』に次ぐ三番目に古い用例であることがわかった。というよりも、歌語としては確立していなかったというべきであろう。

あわせて「季節＋しるし」の用例を調べたところ、『万葉集』や勅撰三代集に用例はなく、平安中期以降に登場した新しい表現（非伝統的表現）であることも明らかになった。季節の中で最も多いのは「春のしるし」である。それは四季の中で一番待ち望まれるのが春だからであろう。加えて春の訪れを知る風物としては、視覚的な「霞」が多用されていることも確認された。

次に用例が多いのが「秋のしるし」であるが、これも当然であろう。あまり待ち望まれない季節である「冬のしるし」など勅撰集に一首も詠まれておらず、「夏」にしても勅撰集は当該歌一例だけであった。

そういった季節の推移表現の中で、家隆歌は秋の到来を主題とせず、あえて夏の残像に目を向け、それを「夏のしるし」と表現したのである。これには定家も驚いたことだろう。だからこそ望まれない「夏のしるし」表現が可能なわけで、まさしく本歌取りの技巧の成功例といえる。

注

（1）吉海直人『『百人一首』「風そよぐ」歌の「ならの小川」考』解釈51―9、10・平成17年10月（『百人一首を読み直す―非伝統的表現に注目して―』新典社・平成23年5月所収）。

（2）従来は『古今六帖』所収の、

みそぎするならの小川の川風に祈りぞわたる下に絶えじと　（五九五番八代女王）

及び『後拾遺集』所収の、

夏山の楢の葉そよぐ夕暮はことしも秋の心地こそすれ　（二三一番頼綱）

の二首が本歌としてあげられていたが、この歌から「夏のしるし」という表現は出てこない。

（3）「しるし」（目印）として古来有名なのは、三輪山という場所を詠んだ、

我が庵は三輪の山もと恋しくはとぶらひきませ杉立てる門　（九八二番）

である。歌に直接「しるし」は詠まれていないが、この杉が「しるしの杉」と称されたことで、

いづれをかしるしと思はむ三輪の山ありとしあるは杉にぞありける　（拾遺集一二六六番）

めづらしくみゆきを三輪の神ならばしるし有馬のいで湯なるべし　（千載集一二六七番）

などと影響歌が詠まれている。ここからの発展で神との関わりが派生し、

春日野のおどろの道のむもれ水末だに神のしるしあらはせ　（新古今集一八九八番）

いにしへのおどろの道のことはりをけふこそ神のしるしとは見れ　（続後撰集五五〇番）

のごとく「神のしるし」という表現が醸成されている。なお定家は三輪山の杉と「季節＋しるし」を合わせて、

三輪の山霞を春のしるしとてそことも見えぬ杉のむら立　（拾遺愚草員外六七三番）

と詠んでいる。これも斬新な試みであろう。

（4）類歌として、「梓弓春のしるしにいつしかとまづたなびくは霞なりけり」（堀河百首・隆源）があげられている。「霞」は春の象徴ではあるが、この例などは類歌とする以上に用語の一致が際だっており、ほとんど「いつしかと」歌と同歌といっていいほどである。

（5）同様のことは「春過ぎて夏来」表現の検討からも明らかにしている。吉海直人『『百人一首』持統天皇歌の「春過ぎて夏来」表現」解釈50―9、10・平成16年10月（『百人一首を読み直す―非伝統的表現に注目して―』新典社・平成23年5月所収）。なお百人一首における四季の用例は春4・夏3・秋12・冬1と圧倒的に秋が多くなっている。今回は季節推移表現に注目しての二匹目の泥鰌ということになる。というより持統天皇歌から季節を比較してみることを学んだ。

# 初出一覧

第一章　「天智天皇歌を読み解く」
　　「百人一首を味わう18」日本語学36―6・平成29年6月を大幅に増補改訂

第二章　「白妙の」は枕詞か――持統天皇歌（二番）と山辺赤人歌（四番）の違い――　書き下ろし

第三章　柿本人丸歌（三番）の「ひとりかも寝ん」の解釈　書き下ろし

第四章　柿本人丸歌（三番）の「長々し」の特殊性　書き下ろし

第五章　大伴家持「かささぎの」歌（六番）を待恋として読む　書き下ろし

第六章　阿倍仲麻呂「天の原」歌（七番）の再検討――上野論を起点として――　書き下ろし

第七章　在原行平「立ち別れ」歌（一六番）の新鮮さ　書き下ろし

第八章　「「ちはやぶる」幻想――清濁をめぐって――」
　　同志社女子大学大学院文学研究科紀要17・平成29年3月

第九章　在原業平歌（一七番）の「水くぐる」再考――森田論を受けて――　書き下ろし

第十章　素性法師歌（二一番）の「長月の有明の月」再考　書き下ろし

第十一章　『百人一首』の「暁」考　同志社女子大学大学院文学研究科紀要13・平成25年3月

第十二章　「「久方の」は「光」にかかる枕詞か」
解釈61―3、4・平成27年4月

第十三章　「歌枕「末の松山」の再検討――東北の大津波を契機として――」
古代文学研究第二次23・平成26年10月

第十四章　藤原公任「滝の音は」歌（五五番）をめぐって――西行歌からの再検討――
書き下ろし

第十五章　「百人一首「大江山」歌の再検討――歌枕に注目して――」
古代文学研究第二次28・令和元年10月

第十六章　「時間表現「夜をこめて」の再検討――小林論への疑問を起点にして――」
日本文学論究79・令和2年3月

第十七章　「『百人一首』「闇のひま」考」
解釈66―3、4・令和2年4月

第十八章　「「さ夜更けて」の掛詞的用法」
解釈61―9、10・平成27年10月

第十九章　「「夏のしるし」考――『百人一首』家隆歌の一考察――」
解釈63―9、10・平成29年10月

# 後書き

私事で恐縮だが、昨年の三月、三十年勤めた同志社女子大学を定年退職した。幸い特任教授として七十歳まで働けることになったので、一つの区切りというか、記念の意味を含めて本書をまとめた次第である。

学生時代からこつこつと百人一首の基礎研究を続けてきたが、気が付くとすでに四十五年もの歳月が経過していた。若いころは、百人一首のすべての歌に自説を提起したいという思いを抱いて研究に励んできた。今もその思いは消えていないものの、さて私にあとどれだけの時間が残されているのか、心もとない限りである。

有難いことに新典社のご好意で、二冊目も選書シリーズとして出版していただけることになった。こんな中途半端な本で申し訳ないという気持もあるが、それでも百人一首研究の歩みをきちんと示しておくことには意味があると信じたい。

決して鋭敏な頭脳など持ち合わせない私だが、とにかく長い時間をかけて少しずつ作り上げてきた成果である。私の研究の歩みは、そのまま今日の百人一首研究の歩みと大部分重なるという自負もある。本書が百人一首研究の新たな一ページを開くことになれば幸いである。

今回の掲載論文は、書き下ろしがほぼ半数を占めている。従来の説に対して、前著以上にうまく異議申し立てができたと密かに自負している。「立ち別れ」「大江山」「さ夜更けて」などでは、掛詞の拡大（三重の掛詞）について積極的に論じている。「水くぐる」論では初めて島津先生の論に異を唱えてみた。先生がまだご健在の時にお見せできていれば、と悔やまれてならない。また最近、平安時代の時間表現に興味を抱いているので、それを百人一首にも応用してみた。「長月の有明の月」「暁」「夜をこめて」「閨のひま」などがそれである。なにしろ通説とは異なる時間のとらえ方をしているので、是非読者の方々に厳しく検証していただきたい。

それにしても百人一首は、有名な割には研究対象としてはかなり手ごわい。わずか一首の歌から、新しい論を紡ぎ出すのであるから、しかもこれだけ有名な作品や歌を相手にして、新説をひねり出そうというのであるから、それがどんなに大変なことかおわかりいただけるはずである。有名なわりに研究が遅れているのはそのためなのである。

なんとか二冊目の本をまとめたといっても、まだ百人一首の半分も論じてはいない。私の終りなき孤独な戦いは今後も続くことになりそうだ。気力と体力の続く限り（せめて七十歳までは）、一つでも新しい問題を見つけて論文にまとめていきたい。それが私の研究者としての使命であると思うから。

令和二年五月五日　　今出川の研究室にて

吉海　直人（よしかい　なおと）
長崎県生まれ
國學院大學文学部卒業、同大学院修了（博士文学）
現在、同志社女子大学表象文化学部日本語日本文学科特任教授
源氏物語と百人一首の総合研究をライフワークとする。
主な著書に『百人一首を読み直す』（新典社選書）、『百人一首かるたの世界』（新典社新書）、『百人一首の正体』（角川ソフィア文庫）、『だれも知らなかった「百人一首」』（ちくま文庫）、『百人一首の新研究』（和泉書院）、『百人一首研究ハンドブック』（おうふう）、『百人一首注釈書目略解題』（和泉書院）、『百人一首年表』（青裳堂書店）などがある。

百人一首《ひゃくにんいっしゅ》を読《よ》み直《なお》す２
―― 言語遊戯に注目して ――
新典社選書 97

2020 年 9 月 10 日　初刷発行

著　者　吉 海　直 人
発行者　岡 元　学 実

発行所　株式会社　新 典 社

〒101－0051　東京都千代田区神田神保町1－44－11
営業部　03－3233－8051　編集部　03－3233－8052
ＦＡＸ　03－3233－8053　振　替　00170－0－26932
検印省略・不許複製
印刷所　惠友印刷㈱　製本所　牧製本印刷㈱

ISBN978-4-7879-6847-0 C1395
https://shintensha.co.jp/　E-Mail:info@shintensha.co.jp